漢の品格

西安 勇夫

東京図書出版

まえがき

二〇二〇（令和二）年は人類にとって忘れられない年になった。新型コロナウイルスが現代文明の脆弱《ぜいじゃく》さをあらわにしてしまったからである。

九月九日現在、世界で二七五九万人が感染し八十九万人が亡くなっている。私たちはただただ感染しないよう祈るしかない。

心より亡くなられた方のご冥福をお祈りします。そして、感染された方にお見舞いを申し上げます。

こんな時期にこんなコラムを出していいのかどうか迷ったが、新聞で次の川柳を拝見して出そうと考え直した。

ウイルスが教えてくれる人の道　（朝日川柳・大阪府　加藤英二氏）

タイトルは『漢の品格』にした。漢は「オトコ」と読むが、もちろん男性のことだけではなく、女性も含めた人間のことである。

図らずも、このコロナ禍で世界のリーダーたちの品格が浮き彫りになり、誰がクソ野郎で、誰が立派な漢なのかハッキリ分かってしまった。

作者はどうしようもない不良ではあるが〝上等な漢〟を目指して生きている。
この書が二〇〇五年のデビュー小説『ミシガン無宿』から数えて十作目となる。

〝最高の幸福というものは　意欲して　目標を持って　創造することである〟

だから、これからもまだまだ書き続けようと思っている。
人間の品格を問うコラム五十篇『漢の品格』を最後までごゆっくりお楽しみ下さい。

二〇二〇年　秋

西安勇夫

漢の品格◇目次

童子切安綱

太刀銘は安綱だが、丹波国《たんばのくに》大江山に住む鬼＝酒呑童子《しゅてんどうじ》の首を一刀両断にしたので童《ど》子切安綱《うじぎりやすつな》と呼ばれる。

平安時代後期に名工伯耆《ほうき》安綱の手によって誕生した。刃渡り二尺六寸五分（約八十・三センチ）、高い反りと沸《にえ》が美しく、国宝に指定されている。名刀中の名刀といわれ、足利将軍家、秀吉、家康など時の権力者の手に渡り、日本の政治を間近で見てきた。

森友学園問題
加計学園問題
統計不正問題
桜を見る会問題
ＩＲ汚職事件

これほど不祥事が相次いでいるにもかかわらず、安倍政権は歴代最長政権だった。オーバーシュート（爆発的患者急増）、クラスター（集団感染）、ロックダウン（都市封鎖）、パンデミック（世界的大流行）、百年に一度といわれる人類の危機コロナ禍で、この不祥事がよもや帳消しになるとでも思うなよ。

許さねえ
天が許しても、この安綱が許さねえ
許さねえ
子分が大勢いるようだな
許さねえ
喧嘩は数の多寡じゃ決まらねえぞ
許さねえ
どうした、文句のあるやつはかかってこい
許さねえ
その首を一刀両断にしてやろう

お年寄りを馬鹿にするにもほどがある

免許返納の手続きも面倒（主婦61歳『神戸新聞』「発言」より）

かかりつけの眼科から帰ってきた母が、電話口でかなり興奮している。米寿の誕生日を前に、運転免許を自主返納しようと足を延ばして警察署へ行ったのに、昼休みだからと断られたという。バスの本数も少なく最寄り駅までかなり歩いたと立腹していた。

数日後、私は母を車で警察署まで送った。返納手続きはすぐ終った。ところが返納時に簡単にもらえると思っていた運転経歴証明書（運転免許証に代わる公的な本人確認書類）は、申請時に必要なものがいろいろ（申請用写真・印鑑・手数料等）あって、後日また足を運ばなければならなかった。

若者はネットで簡単に情報収集できるが、高齢者はそれが難しい。その高齢者が返納し、申請するのである。もう少し丁寧に対応できないものだろうか。昼休みだったとはいえ、前回せめて説明だけでも受けられていたらと思う。

警察は、高齢者の免許自主返納を、マスコミ報道ほどには望んでいないのだろうか。

真面目な年寄りが振り回され、これでは返納なんかお勧めできないと私の気分はもやもやしている。

これを「お役所仕事」という。昼休みは交代で受付をすればいい。市民は週日働いているのだから、その税金で生活をしている役人は土日出勤をしてでも市民にサービスを提供すべきである。役人とは役に立つから役人という。役に立たない役人など要らない。

長年懸命に働いて税金を納めてきたお年寄りを馬鹿にするにもほどがある。

妻は離婚を考える

夫源病とは、夫の言動が原因で妻がストレスを感じ、溜まったストレスにより妻の心身に生じる様々な不定愁訴《ふていしゅうそ》で、熟年離婚の大きな原因とされる。

夫源病の命名者、石蔵文信先生のアンケートでは、離婚を考えている妻は「しばしば」が42％、「たまに」が41％で合計83％に上る。

「経済的な心配がなければ離婚するか」で、「今すぐ」「近い将来」を含め63・7％。しかし、そうした妻は、財産が半分になる、もめているうちに近所のうわさ話になる、などの理由で熟年離婚を嫌がる。「早く夫が死んでしまえばよいのにと思ったことがある」が55％いた。

ハーバード大学の教授が夫を早死にさせる10カ条として、▽夫を太らせる▽お酒やタバコをすすめる▽塩分の多い食事を作る、などを40年前に提唱した。

■女性は一日二万語話す

男性と女性の脳の違いを理解した方がいい。男性は狩りをするため空間認識に優れ、女性は子どもを産んで育てる機能が発達し、コミュニケーション能力があり、協調性がある。男性は一日六〇〇〇語、女性は二万語話す。

男性は自分の生き方を変えるのが難しく、目標に向かっていく癖がある。来院するうつ病の男性は五十歳前後が多い。「四十歳の時はあれだけ働けたからもっと働きたい」という人は治りにくい。五十歳になったら「ぼちぼちやろか」と思った方が治りやすい。

五十歳以上の夫婦が一緒に暮らしているのは、愛情が満ちているわけではない。離婚が面倒だから。来院する女性は五十〜六十歳が多い。口々に「夫への愛情は尽き果てた。でも情は残っている」と言われる。

■妻に付き添う「わしも族」男

恐怖の「わしも族」も問題。妻が旅行や買い物に出かけるとき、「わしもわしも」と付いて行く。定年後に男性は妻と旅行に行きたがる。妻は友だちと行きたい。三年たったら「一人で行っといで」と言われ、やることがなくなった末に、アルコールに走り、「定年後うつ」になる。旅行などたまにしかできないことよりも、畑仕事やボランティアなど週三、四回できることを考えて。

定年後の夫は▽家では無口で不機嫌▽家事を見ているだけ▽妻の外出に口出しする▽精神的暴力をふるう▽家計を細かくチェックする▽妻の趣味に同行したがる。妻を対等な一個人として見て、名前で呼ぼう。「ママ」「お母さん」はだめ。「あんたを産んだ覚えはない」と言われるだけ。

もう一つの定年後の妻の悩みは「昼食うつ」。十一時頃に夫から「昼ごはん何」と聞かれ、十一時半頃に箸を持って食卓に座っている。サラリーマンは定時に食べる癖がついている。これは、夫が昼食を作れば簡単に解決する。妻から尊敬され、自立でき、妻と料理の話ができる。

■アドバイス不要「オウム返し」で

もう一つの妻の悩みは、夫が話を聞いてくれない。夫の方は「妻の話はくどくて聞けない」「アドバイスを考えているうちに話題が変わって聞きにくい」などと思っているが、アドバイスは必要ない。聞いているふりをするだけでいい。女性は一日に二万語話さないといけない。外で一万語以下ならストレスがたまる。家で五〇〇〇語以上は話させないといけない。それには妻が話したことをそのまま返す「必殺オウム返し」がいい。十分ほど聞くだけで五〇〇〇語になる。

■食べ終わると「おいしかった」

言わなくても分かるだろうと思わず、「いってきます」「ただいま」「いただきます」など基本的なあいさつをする。食後は味のことを言わず「おいしかった」だけ言う。考えてはいけない。イタリア人になりきって、嘘でもハグして「愛している」と言えば効果的。家は「劇場」だ。妻は容姿が変わっても心は乙女。髪型を変えたら、「素敵だね」とすぐに言うこと。妻に注目することが大切で、注目していることが妻の満足度を上げる。妻は自分が選んだ髪型に満足している。満足感を高めるほめ方は一つ。「似合ってるね」

食べ終わったら、「おいしかった」。髪型、服装は「似合ってるね」。とても簡単なこと。考える必要はない。

ポイントが二倍の火曜日に私は食料品の買い出しに行く。その日、スーパーは人でごった返している。

車の中で待てばいいものを、何もせずにポケットに手をつっこんで妻の後ろをついてまわる夫たちがいる。私の買い出しの邪魔をする彼らに、しばしば殺意さえ覚える。

夫たちよ、気をつけよ。

ちょっとした幸せ

元号が平成から令和に変わった月の終わりに玄関のチャイムが鳴った。時刻は午前七時半過ぎで、私と妻はBSの連続テレビ小説を観ながら朝食を食べていた。

「こんなに早い時間に誰やろ」

と言う妻の声を聞きながら私は玄関に出た。

「お早う」

来訪者は高校時代の友人で、四年ぶりの再会である。

「今、ご飯を食べてしまうので一寸待っとってや」

そう言って私は式台に座布団を置いた。

突然の来訪に少々面食らいながら急いで残った飯をかきこんだ。食事を済ませてから離れに案内して、天気が良かったので二人で縁に腰かけた。

「急にどないしたんや」

と私が聞くと、

「いや、久しぶりに顔が見となってな。来てしもたんや」

彼は、高校時代は足が速くて陸上競技大会の花形選手だった。それと中々のやんちゃものである。

午前中コーヒーを飲みながら昔話に花を咲かせて彼は帰って行った。

午後一時半ごろに玄関のチャイムが再び鳴った。なんと叔母と、叔母の次女が訪ねてきてくれた。多分二年ぶりぐらいだろう。

次男である父の妹の叔母は九十二歳である。父の兄妹は歳の順に長男、次男、三男、長女、四男の五人で、叔母が長女である。叔母の夫は父の戦友である。嫁ぎ先の叔母の家は車で二時間ぐらいの所にある。今日は近くに住む次女の車に乗せてきてもらったのだ。

「急にごめんやで」

と言う叔母は、仏壇の父の位牌に線香を上げてロールケーキを供えてくれた。二時間ほど懐かしい話をしてから叔母は帰って行った。

来客の少ないわが家に一日二組もの珍客である。今日はいい日だ。

イチローの誇り

東京都内のホテルで、二〇一九（平成三十一）年三月二十一日午後十一時五十五分から始まったイチローさんの引退会見は、翌二十二日午前一時二十分に終了した。八十五分間の会見は〝イチロー節〟全開である。

「野球はしんどかった」「今日ファンが球場に残ってくれて、死んでもいいという気持ちになった」「人より頑張ることなどできないが、自分なりに頑張ってきたので、後悔などあろうはずがありません」「引退というよりはクビになるのではないかと思っていた」「菊池に僕が言ったことを、この場で僕が喋ったら絶対に信頼されないので、言わない」「野球が面白いのは団体競技なんだけど個人競技だということ」「二〇〇一年にアメリカに来てから、この二〇一九年の現在の野球は全く違う野球になりました。頭を使わなくてもできてしまう野球のような……」「日本の野球は頭を使う面白い野球であってほしいと思います」「できると思うから挑戦するのではなくて、やりたいと思えば挑戦すればいい」「現在それ（孤独感）はないです。辛いこと、しんどいことから逃げたいと思うけど、エネルギーがある元気なときにそれにたち向かっていく、そのことは人として重要なことではないかと感じています」

一番心に響いた言葉を紹介する。

「十年二〇〇本続けてきたこととか、MVPをオールスターで獲ったとかは本当に小さなことに過ぎないというふうに思います。去年の五月以降、ゲームに出られない状況になって、その後もチームと一緒に練習を続けてきたわけですけど、去年五月からシーズン最後の日まで、あの日々はひょっとしたら誰にもできないことかもしれないというような、ささやかな誇りを生んだ日々だったんですね。そのことが……、どの記録よりも自分では、ほんの少しだけ誇りを持てたことかなと思います」

イチローさんには到底及ばないが、私にも一つだけ誇りがある。

生産技術課長時代の十一年間に、多くの部下を海外の拠点（当時、世界十一カ国に十六の拠点があった）に送り込んだ。後に私自身も海外に単身赴任した。

部下にだけ苦労をさせるわけにはいかない。

脱会届

葉桜の季節である。久しぶりにやって来た友が、ある文書を作って欲しいと言う。それはなんと自治会の脱会届だった。

彼の所属する自治会は新興住宅地にある三十戸程度の小さな自治会である。彼は一期二年の自治会長を二回もやっていて、六十七歳になる。

「何で脱会するんや？」

「若いもんが仕事を理由に自治会長を引き受けへんから、わし等年寄りが何回でも自治会長をせなあかんのや。もう嫌になった」

「ほんまに辞めてもええんか？」

「隣の自治会と一緒になったらええんやろけど話が纏まらん」

なるほど、彼は脱会届を改革の道具にするようだ。

「文書の見本は？」

「これや」

こういう届けは自筆でも良いと思うのだが、字が下手だからワープロで作ってほしいと言う。

総務省によると、「町内会」などと呼ばれるケースも含め、自治会の数は二〇一三年時点で全国に約三十万団体。しかし、実際は年々減少しているとされる。神戸市内の自治会でつくる「市自治会連絡協議会」によると近年、役員の担い手不足が深刻化。特に会長は後任者が見つからず、自治会を解散した地域もあるという。

この対策は彼が言うように隣の自治会と一緒になるしかない。自治会員を増やせば役員のなり手も増えるので、個人の負担は軽減される。

私は友を偉いと思う。

三流以下

三流以下の企業を紹介しよう。

企業名	理由	発覚年月
東洋ゴム	免震ゴムの性能データ改ざん	二〇一五年 三月
三菱自動車	燃費データ改ざん（一回目）	二〇一六年 四月
スズキ	燃費データ改ざん（一回目）	二〇一六年 五月
三菱自動車	燃費データ改ざん（二回目）	二〇一六年 八月
日産自動車	無資格検査	二〇一七年 九月
神戸製鋼所	アルミ製品他の検査データ改ざん	二〇一七年 十月
ＳＵＢＡＲＵ（スバル）	無資格検査	二〇一七年 十月
三菱マテリアル子会社	製品検査データ改ざん	二〇一七年十一月
東レ	タイヤコード他の検査データ改ざん	二〇一七年十一月

SUBARU（スバル）	燃費データ改ざん（一回目）	二〇一八年　三月
SUBARU（スバル）	燃費データ改ざん（二回目）	二〇一八年　六月
スズキ	燃費データ改ざん（二回目）	二〇一八年　八月
マツダ	燃費データ改ざん	二〇一八年　八月
ヤマハ発動機	燃費データ改ざん	二〇一八年　八月
KYB	免震・制振装置の検査データ改ざん	二〇一八年　八月
クボタ	圧延用ロールの検査データ改ざん	二〇一八年　九月
SUBARU（スバル）	ブレーキ検査データ改ざん	二〇一八年　九月
アウディ	燃費・排ガスの検査不正	二〇一八年　九月
川金ホールディングス	免震・制振装置の検査データ改ざん	二〇一八年　十月
三菱電機子会社	ゴム製品の検査データ改ざん	二〇一八年十一月
日産自動車	検査データ改ざん（ブレーキ他）	二〇一八年十二月
VWグループジャパン	排ガス検査データ改ざん	二〇一八年十二月
IHI	航空エンジンの整備無資格検査	二〇一九年　三月
IHI	航空機部品の無資格検査	二〇一九年　四月
スズキ	検査データ改ざん（ブレーキ他）	二〇一九年　四月

大和ハウス　違法建築　二〇一九年　四月
フジクラ　電力ケーブル他の検査データ改ざん　二〇一九年　四月
日立化成　蓄電池・電源装置の検査データ改ざん　二〇一九年　四月
ユニチカ　ポリエステル製繊維他のデータ改ざん　二〇一九年　八月

人がものを作って不良品が出るのを防ぐのは永遠の課題である。しかし、不良品が出たときの対応でその企業の価値が決まる。改ざんはいけない。二回も改ざんを繰り返すのは愚の骨頂である。

企業を一流にするのは簡単で、社長を代えればよい。

〝職場は一将の影〟

社長がそのまま居座った企業を絶対に信用してはいけない。

行蔵は我に存す

二〇一九（令和元）年、衆議院で国会初の糾弾決議が全会一致で可決された。決議は丸山穂高衆議院議員＝日本維新の会を除名＝に対し「憲法の平和主義に反する発言をはじめ、議員としてあるまじき数々の暴言を繰り返した」などと批判。「国益を大きく損ない、衆院の権威と品位を著しく失墜させた」と強調した。自民党や立憲民主党など与野党八党派が共同提出した。

丸山氏はツイッターで「任期を全うし前に進んでまいります」と投稿し、辞職を重ねて拒否した。また、出処進退は自分で決めるという勝海舟の言葉「行蔵は我に存す。毀誉は他人の主張」を引用した。勝海舟の言葉は次の通りである。

行蔵《こうぞう》は我に存《そん》す。
毀誉《きよ》は他人の主張、我に与《あずか》らず我に関せずと存じ候《そうろう》。
各人へ御示し御座候とも毛頭《もうとう》異存《いぞん》これなく候。

我が行いは自らの信念によるものである。
けなしたりほめたりするのは人の勝手である。
私は関与しない。
どなたにお示しいただいてもまったく異存はない。

行蔵とは、世に出る、あるいは世に出ない、といった自分の行動のことであり、いわば、出処と進退。

■丸山穂高衆議院議員の言動

北方領土へのビザなし交流訪問に同行していた五月十一日夕、国後島のロシア人家庭を訪問してコニャック十杯以上を飲んだ。宿舎に戻り、元島民の団長に「戦争をしないと、どうしようもなくないですか」などと質問。後に発言を撤回し謝罪したが、元島民から厳しい批判が相次いだ。政府による五月三十日に衆院側への報告で、宿舎で下品な発言を繰り返し、禁止されていた外出も試みて他の参加者ともみ合いになるなどの問題行動が新たに判明した。

維新を含む野党六党派は議員辞職勧告決議案を提出したのに対し、与党は「猛省を促す」としたけん責決議案を出した。その後、与党がけん責より厳しい文言に改めた糾弾決議案を提出する方針を表明。賛同を求められた野党側も歩み寄った。

衆参両院事務局によると、国会議員への糾弾決議は初めて。糾弾決議に法的拘束力はない。

自民党の小泉進次郎衆議院議員は「国会で糾弾するのはふに落ちない」として採決を棄権した。

見識である。国会議員の進退は本人か国民の選挙で決めるものであり、国会で決めることがまかり通れば、国がおかしくなる。

昔そんなことがあったと記憶している。

開運福壽《かいうんふくじゅ》の秘傳《ひでん》～心の鏡の巻～

一、高いつもりで低いのは　教養
　　低いつもりで高いのは　気位
二、深いつもりで浅いのは　知識
　　浅いつもりで深いのは　欲
三、厚いつもりで薄いのは　人情
　　薄いつもりで厚いのは　面の皮
四、強いつもりで弱いのは　根性
　　弱いつもりで強いのは　我
五、多いつもりで少ないのは　分別
　　少ないつもりで多いのは　無駄

右條々自戒自照

長いようで短いのは一生　いつ死んでもよし　いつまで生きてもよし

淡路島七福神総本院　秘仏開運大黒天　霊場　　蓮台山　八浄寺

チベット問題

一九四九年十月一日に北京市で建国式典を開催して成立した中華人民共和国は、一九五一年にチベットの本格的統治に動いた。

チベットは東西約二〇〇〇キロメートル、南北約一二〇〇キロメートルで、面積二五〇万平方キロメートル（日本の約六倍）。高度は三五〇〇から五五〇〇メートル、平均四五〇〇メートル。南境にはヒマラヤ山脈、東境は四川盆地（四川省）がある。

乾燥した気候で、ヒマラヤの北斜面、四川盆地の隣接地域などを除き山の斜面に樹木は乏しいが、河川に沿った水の豊かな平野部では大麦を主とした農耕が行われ、その背後に広がる草原地帯において牧畜が営まれている。チベット高原はユーラシア大陸の中央部に広がる世界最大級の高原で、チベットの領域とほぼ等しい。

一九四九年　十月一日中華人民共和国建国。
一九五一年　中国共産党がチベットの本格的な統治開始。

一九五九年　チベット動乱。ダライ・ラマ14世インドに亡命政府を樹立。

一九六六年　文化大革命により、寺院や仏像が徹底的に破壊される。

八十年代に改革開放政策が始まると各地の寺院は再建されていく。

しかし、高度な自治を求めるチベット亡命政府と分離独立を警戒する中国政府との溝は埋まることはなかった。

二〇〇八年　「二〇〇八年　ラサ暴動」

進まない現実を前に共産党による統治への不満が爆発する。

「不法者たちは店舗を略奪し、党の政府機関を襲いました。チベット独立の旗を掲げビラを配布し石を投げつけていました。人民に重大な財産の損失を与え極めて深刻な事態です。」（『中国新聞』）

共産党は再びラサを完全に制圧。暴動は分離独立を企てた組織的な破壊活動だとして非難した。数千の僧侶が聖地ラサを追われた。その後、多くの僧侶が焼身自殺をした。締め付けに対する抗議の死。その数は一五〇人以上といわれている。


「改善か　信仰か～激動チベット3年の記録～」のタイトルで二〇一九年三月二十二

日にNHK『BS1スペシャル』が放送された。

中国・四川省にある世界最大の仏教僧院が、脱貧困を掲げる共産党により「改善」されている。さらにチベット族の移住・集約や中国教育も進む。千年の信仰が変貌した三年間の記録である。

今から四十年ほど前に一人の僧が、チベット自治区のラルンガル（四川省西部）に瞑想小屋を作った。するとそこへチベットの修行僧が集まり始めた。

僧院を開いたケンポ・ジグメ・プンツォは、一〇〇年前に亡くなった高僧テルトン・ソギャルの生まれかわりとして信仰され、この山間の狭い谷間で一万人もの修行僧が仏を学ぶ世界最大の仏教寺院になったのである。僧院の名をラルンガル・ゴンパ五明佛学院《ごみょうぶつがくいん》という。

標高四〇〇〇メートルのこの地には、春になるとチベット全土から数万人の巡礼者が集まり、盛大な「灌頂会《かんじょうえ》」が行われる。

ここにいる修行僧はお布施だけで質素な生活をしている。仏の戒律を守って、食事は野菜と米だけで肉は一切食べない。

小さなチベット住居が山腹にところせましと立ち並び、修行僧たちはそこで暮らす。

修行僧**ツェテン・トゥンドゥプ**は十七年前、十四歳のときここに来て修行を続けている。狭い部屋の中にはたくさんの書籍とプンツォの写真が掲げてある。

「プンツォ様、導師様、私たちをお守り下さい」

夜明け前に読経を始める。仏への祈りを表す願いの言葉〝真言〟を七千回唱える。

「この世の全ての命に対し平等の慈悲の心を持つように修行しています、それは菩提心といい、経典から学べます。私は出家してすばらしい機会を得ました。仏の教えをしっかり学び広く世に伝えたい」

チベットにインドから仏教が伝来したのは一三〇〇年以上前と言われ、以来多くの仏の物語が伝わり過酷な大地で生きる民の信仰となった。

〝この世は仏の慈悲で救われる〟人々はそう信じて仏が宿る大地に礼拝をする。

もう一人の修行僧**プンツォ・タシ**は、古くから伝わる経典を現代語に訳しインターネットで広めている。

「これはチベット仏教の古い経典です。今のチベット人には読めません。昔は手書きで文字が違います」

部屋の壁にはリンカーン、キング牧師、オバマなどの写真が貼ってある。

「ここに貼っている人物は平等な社会を作るために貢献しました。彼等の言葉は仏の教えに非常に似ているところがあります。現在世界にはたくさんの問題があります。

すべて人間の悪い行い（煩悩）が原因です。人々に苦しみを与える人と助ける人両者の存在を理解すべきです」

中国にいるチベット族は五四〇万人。人々は民族の行く末を案じていた。

中国当局による大開発が始まった。まず道路の拡張工事。四〇〇〇メートル級の山を貫くトンネルが出来、一週間かかった峠越えがわずか十五分になった。

共産党宣伝部の魏輝祥氏が語る。

「中華人民共和国の建国以来、チベットの意識を変えてきました。より開放的な考え方を持たせ、現状の発展を理解させます。古い習慣などは廃止させより良い方向に発展させます。彼等の迷信や遅れた思想を変えるのが目的です」

遊牧民の集約・移住が始まっていた。その名も「脱貧困村」。村の入り口には脱貧困村と書いた看板が掲げてある。

海老色の壁のチベット風住居が軒を連ねる。一一七軒の建物は政府の金で作られた。政府はこの脱貧困村に遊牧民五二〇人余りを移住させた。ここに祈りの施設はないという。

貧困撲滅弁公室幹部が語る。

「高原の遊牧民は生産性が低く金儲けの意欲が足りません。ここに移住した貧困者は産業の発展と現金収入を得るチャンスに恵まれます。金儲けの熱意を奮い立たすことができます」

移住民は大人も農民夜間学校の教育を義務づけられている。学習内容は党の宣伝部によって定められている。愛国精神、党への感謝など中国社会に適応するための教育を受ける。

教科書のタイトルは『愛国・守法・感恩・団結』『農牧民実用法律問答』『治安管理処罰法』などである。

脱貧困村書記が語る。

「これは、この夜間学校に通う村民の成績表です（大きな模造紙に書かれた一覧表が壁に貼られている）。村民は幼いころから勉強不足で文化や知識が貧弱です。国家の政策を学び、民の思想が大きく変わりました」

この村に移住した男性の家の壁には、仏画様式の最高指導者（習近平）の肖像画が掛けてある（これは脱貧困村の民の義務である）。

七十二歳の移住民は、七十年にわたり高地で遊牧民として生きてきたが、昨年山を下り月収五千円程度の清掃員の仕事を政府から与えられた。

その老人が語る。

「以前は山の上で道路もない環境の悪い所での暮らしでした。この脱貧困村には家もあり水道や電気もあり大変便利です」

その老人に脱貧困村書記が問う。

「我らの指導者を見て党の恩をどう感じますか？　習近平をどう感じますか？」

「食べるものと着るものを与えてくれ共産党に心から感謝しています。長年党から恩を受けています。深く感謝しています」

チベットの子供たちにも「改善」は進められている。共産党は生徒宿舎を作って、子供たちを伝統的なチベットの暮らしから離し愛国心を教える。

この学校では生徒五六五人中四八〇人が親元を離れて暮らす。国家は一人当たり毎月一七〇元（約三千円）の生活手当を支給する。

小学校長が語る。

「生徒は二十五の村と地域の出身者で、すべて遊牧民の子供たちです。生徒はここで食事を食べ寝泊まりします。国家の支援策は充実し子供たちは良い暮らしを送ります」

生徒は周辺の遊牧民地域から幅広く集められ地域の先駆者となることを期待されて

いる。親元では話さない中国語を学び競い合う子供たち。教育は思想にまで及んでいるという。

小学校長が語る。

「故郷、国への愛着心を育てるため愛国主義教育も行っています。生徒には思想の品位を育て良い生活習慣を身につけてもらいたい。彼等が有利な条件で人生を歩めるよう教育します。この貧困地域から出て行った卒業生はたくさんいます。県、州など政府の部門で活躍しています」

記者が質問した。

「幼い子供たちが親元を離れて大丈夫ですか？」

「家族を恋しく思うのは最初だけです。先生の指導を受けてすぐ慣れますよ」

観光地化が進むラルンガル・ゴンパ五明佛学院に画面が変わる。

山の斜面を埋めるチベット住居の一部を取り壊してジグザグの階段が数本忽然と現れた。その階段の頂にはコンクリート造りの展望台も出現した。そこに残った修行僧たちの表情には不安と警戒心が窺える。

観光客の言葉。

「僧院を一望できた」

かつてお経が聞こえたチベットの聖地は、お経は消え「改善」の音（ダンプ・ユンボ・ミキサー車の音）が鳴り響く。

諸行無常、僧侶たちは仏を心にきざみただ祈り続けた。修行僧**ツェテン**はどこへ消えたのか。

僧院の取り壊しから二年余り、彼の実家を訪ねてみた。僧院を追われた彼は実家に帰っていた。今は独学で仏教の勉強をしている。

「お経を唱え仏の教えを独り瞑想するだけです」

壁にあるものがあった。仏画様式の最高指導者（習近平）である。

「村の役人が持ってきました」

妹の**ユシィ**は小学校六年になっていた。今までは民族衣装を着てヤクの放牧を手伝っていた。その少女はメガネをかけていた。

母が語る。

「ユシィは本ばかり読んでいてメガネが必要になりました。ユシィは勉強ばかりで放牧を手伝ってくれません」

記者が質問した。

「勉強が楽しいんですかね？」

「もう放牧には行きません」

中国語の学習は進学や就職につながると教えられていた。

記者が質問した。

「先生から中国語を身につけると将来は就職に有利だと言われましたか？」

「はい、言われたことがあります。でも、よく分かりません」

冬休みにはセルタ（地方の中心街）に出て行き中国語を学ぶという。

「家は恋しくない？」

「不想《いいえ》」（中国語）

ユシィは春に小学校を卒業し、五十キロ離れた中学校の寄宿舎に入る。ここで中国公民としての教育を受ける。

ユシィが教科書を読む。

■幸福とは何か

幸福とは何ですか？

三人の子供は羊を放牧する仲の良い友達です。

このとき、金色の髪の毛を伸ばした美しい少女が山奥から出てきた。

友達の一人が少女に、

「幸福とは何か教えて下さい」

と質問した。少女は答えた。

「幸福とは労働です。自分の義務を尽くし社会に有益なことを行うことです」

「あなたは誰？」

三人は聞いた。

「私は〝知恵の娘〟です」

少女はそう答えて消えた。


ラルンガル・ゴンパに先駆けて「改善」が進められた場所がある。徳格にある聖地徳格《デルゲ》印経院《いんきょういん》。三〇〇年にわたりチベット族が礼拝を続ける信仰の場だ。ラルンガル・ゴンパ同様多くのチベット族が巡礼する。チベット族の精神世界と文化の源がここにある。

文化観光局副局長（女性）が語る。

「ここは印経院の倉庫です。この部屋には六万枚の経典の原版を保管しています」

一〇〇〇年前にインドから伝来したお経をチベット語に訳し、木簡としてそのまま残した。

「ここは大変神聖な場所です。チベット人が信仰する仏の教えを木簡で保存しているからです。チベット文化の書籍と経典がすべてここにあります」

この木簡は今も印刷に使われラルンガル・ゴンパの修行僧が仏の教えを学ぶ教典となる。貧困撲滅をめざす当局は、この信仰の遺産に目をつけた。

「私たちは観光地化に向け〝文化立県〟のスローガンを掲げています。徳格印経院はチベット三大印経院の頂点です。徳格印経院は世界遺産に登録される価値があります。私たちは登録を目指して頑張ります」

印経院の売店では、印経院の中で受け継がれてきた文化が商品となっていた。木簡から刷り出された教え、この経典一束で三六〇〇元（日本円では約五万八〇〇〇円）。

二〇一八年十一月五日、この地の観光化に向け公共のバスが整備された。

徳格県副県長が語る。

「徳格《デルゲ》の交通事情は天地を覆す大きな変化が起きています。政府から豊かになりたいならまず道を造れと指示がありました。貧困脱出の観光地化に大きく動き出します」

徳格では建設ラッシュが起きている。背が高い鉄筋コンクリートのホテル十数棟が連立して、三〇〇〇室の客室確保を目指している。

二〇〇四年撮影の徳格印経院の写真を見ると、山の斜面に数軒のモンゴル住居だけだった。高い建物は一切なく古くからの信仰の時が流れていた。

住宅建設局局員が語る。

「川沿いのホテルに影響を与えず広い歩道を造っています。川にガラスの桟道を設置します。街の外観工事だけで八億円を投資しました。観光産業のインフラを充実させ観光収入を増やします。

貧困地域の生活レベルと質を向上させます。我々の神聖な使命は共産党施策の〝喉と舌〟となる」

ここは共産党の政策を伝え広める徳格の放送局「徳格テレビ」。

女性アナウンサーがテレビで語る。

「徳格県で都市公共バスの運行を開始しました。地元政府は地域がいち早く貧困を脱し豊かな暮らしを送れるよう支援します」

この原稿を書いた洪雲霞《こううんか》は二十八歳のチベット族女性だった。テレビ局の入り口に貼られた職員の顔写真を見ると洪のプロフィールに党員の文字があった。数少ないチベット族の共産党員である。

洪が生まれたのは徳格から三〇〇キロ離れた遊牧民の町「石渠」。貧困を抜け出すため中学校のとき中国の中心地に移り住み漢族と同じ教育を受けた。専門学校を優秀な成績で卒業、テレビの仕事に就いた。そして二年前、待望の共産党員になることを認められた。

彼女が語る。

「テレビ局で働く人は皆共産党に入りたい。マスコミの仕事は党の〝喉と舌〟です。入党は基本的な条件です。私たちは党が決めた法律や政策を宣伝します。人々の生活に関わるニュースは親切に説明する必要があります。とにかく私たちは共産党の〝喉と舌〟ですから」

撮影風景が映る。

彼女は今テレビ局の副局長としてスタッフを指揮する。党員になるため、チベット族のある重要なものに背を向けたという。それは信仰。共産党員の宗教への信仰は認められない。

「今、チベット族の考え方が大きく変化しています。私は生きていく限り自分の価値を高めたい。職場で自分の存在を示すだけでなく生きがいを追求したい。どんなことも頑張り高い目標を目指します。チベット語の他に中国語は必須です。私たちは〝漢族化〟しています」

二〇一八年十二月、**プンツォ**がラルンガル・ゴンパから姿を消した。ラルンガルから六〇〇キロ北の青海省の西寧。喧騒とクラクションが響く人口二〇〇万の大都会に彼は流れ着いていた。

待ち合わせに指定されたのはホテルの一室。彼は突然僧院を出るよう通告されたという。その後、何があったのかは多くを語らなかった。

「(僧院を出る) その時の気持ちは……将来戻れる時が来るかいろんなことを考えます。複雑です。うまく説明出来ません。仏教は人の心の力は宇宙で最も能力があると説きます。人が心で真剣に望み祈り続ければ世の全てのものを変えられます。自分の信念に確信を持ち努力して対策や方法を探すべきです。そうすれば必ず道は見つかります」

一方、**ツェテン・トゥンドゥプ**は一人仏が説く心を瞑想する。

「多くの人々は〝現世〟が非常に大切と考えています。それでは執着、欲望、煩悩に苦しみます。仏は来世が重要と説きます。この世で私は大した役に立ちません。しかし、しっかり修行すれば来世の役に立つはずです。菩薩心、慈悲の心を得れば多くの衆生に役立つと信じています」

ツェテンの家では新たに姪が生まれた。良き魂をもつ、チベット族の生まれ変わりとして大切に育てられている。

二〇一九年一月、ラルンガル・ゴンパ五明佛学院《ごみょうぶつがくいん》。僧院の観光地化はさらに進められていた。観光客向けの階段が完成していた。大型宿泊施設も見られる。新たな建物が姿をあらわした。ショッピングモールも建設中だった。

村人によく見える山の斜面には中国語で、

『心をひとつにし〝中国の夢〟を築こう』

のスローガンが書かれていた。

チベット族にとって現世と来世をつなぐ聖なる場所である鳥葬場《ちょうそうじょう》、ここも整備が進み多くの漢族の観光客が押しかけた。

一〇〇〇年の時間受け継がれてきた過酷な大地に生きる民族の信仰の世界。それが、この三年の時間で人を集めるための観光資源と化した。

国家の威信は民族の精神世界をも変えていくものなのか？　その答えを知るものはまだ誰もいない。

僧院は文明の明かりにつつまれた。

（ネオン街のような僧院の夜景が映し出されて番組が終了した）

心貧しい金持ちよりも、心豊かな貧乏のほうがずっと幸せである。

六四天安門事件

一九八九（平成元）年六月四日(日)に中華人民共和国北京市にある天安門広場に民主化を求めて集結していた学生や市民に対し、中国人民解放軍が武力行使し、多数の死傷者を出したのが六四天安門事件である（以後、天安門事件という）。

中国人民解放軍とは中国共産党が指導する中華人民共和国の軍隊で、当時その統帥権を持つのは中国共産党中央軍事委員会主席だった最高実力者の鄧小平《とうしょうへい》である。彼は言った。

「二百人の死が中国に二十年の安定をもたらすだろう」

この事件で失脚した当時総書記であった趙紫陽《ちょうしよう》（事件後、生涯軟禁状態におかれ二〇〇五年に八十五歳で死亡）は、事件後こう語っている。

「あの日の夜激しい銃撃の音が聞こえた、世界に衝撃を与える悲劇を防ぐことができなかった。国家の近代化を望むなら政治体制として民主主義を採用すべきだ」

中国政府は三一九人が死亡したとしているが、被害の全貌や事件に至る詳細な経過は明らかになっていない。

事件の五十日前の四月十五日に胡耀邦元総書記が急死（享年七十三）した。彼は改革派で国民の人気が高かったので、追悼のため天安門に学生たちが集まった。その集会は言論の自由や政治の民主化を政府に求めるデモに発展した。デモ隊の人数は日に日に増加していき六月四日、学生や市民に対し中国人民解放軍が武力行使したのである。

事件から三十年後の二〇一九（令和元）年六月四日、天安門は政府によって厳戒態勢がしかれ、中国外務省の耿爽《こうそう》報道官は、

「中国が収めた発展の成果は中国政府が事件当時取った行動が完全に正しいことを証明した」

と語った。

一方、アメリカのポンペオ国務長官は、次のような声明を発表した。

「天安門事件による死者の数がいまだに明らかになっていない。中国政府が死者や行方不明者について完全に説明することが、人権や基本的自由を尊重という中国共産党の意思を示す一歩となる。中国の一党体制は異論を認めず党の利益になるとみればいつでも人権を侵害する」

と中国共産党を厳しく批判した。

中国では財布もスマホも不要で、「顔認証システム」で支払いが出来る店が増加している。顔認証と携帯番号を入れるだけで支払いが出来るので便利ということもあり急速に広がり、自分の顔を登録する動きがある。

この動きは「国民監視」に使われているといわれている。町に防犯という名目で設置されたカメラは二〇一八年までに一億七六〇〇万台もあり、二〇二〇年までに六億台になる。顔認証と照合すれば、何処で誰と会っているのか、何をしているのかすぐに政府が把握できる。

こんな〝監視社会〟になるとどうなるか想像がつく。政府にとって都合の悪い国民が抑圧され、都合の良い国民が優遇されるのである。

中国は鄧小平の思惑通りに世界第二位の経済大国になったが、中国の国民たちはこう思っているに違いない。

心貧しい金持ちよりも、心豊かな貧乏のほうがずっと幸せである。

燃えよホンコン

一九七三年に公開されたブルース・リーの大ヒット映画『燃えよドラゴン』は香港が舞台だった。

香港は一九九七年に英国領から中国領となったが、共産党政権は社会主義政策を将来五〇年（二〇四七年まで）にわたって実施しないことを約束した。

従って、香港は左記のような「一国二制度」により資本主義を維持し、独立国に近い地位と高度な自治権を持つのである。

香港の「一国二制度」認められるもの

◇政治・経済制度の維持

◇司法権の独立

◇表現・結社・信仰の自由

認められないもの　など
◇外交・防衛の自主性
◇行政長官など政府高官の任命権　など

二〇一九年六月、その「一国二制度」に危機が迫った。香港市民は自由を守るために敢然と立ち上がった。

二〇一九（令和元）年六月九日
香港一〇三万人デモ　返還後最大　中国への容疑者移送反対
香港で中国本土への容疑者引き渡しを可能にする「逃亡犯条例」改正案に反対する大規模デモが行われ、主催した民主派団体の発表によると一〇三万人が参加した。終点の立法会（議会）周辺で、デモ後に若者らが激しく警官隊と衝突、少なくとも警官八人が負傷した。警官は違法集会の容疑などで男女十九人を逮捕した。

「逃亡犯条例」とは、

香港が「逃亡犯条例」で犯罪人引き渡し協定を結んでいる国
アメリカ・イギリス・シンガポールなど二十カ国
（中国は含まれず）

香港政府トップの林鄭月娥《りんていげつが》行政長官が、法の抜け穴を塞ぐため右に「中国」を追加することを提案したのが、**「逃亡犯条例」改正案**である。

「逃亡犯条例」改正案に反対する激しいデモがその後三カ月間続いた。そしてついに、逃亡犯条例改正は撤回されることになる。

二〇一九（令和元）年九月四日

香港　逃亡犯条例改正を撤回　長官表明、デモ激化で譲歩

香港政府トップの林鄭月娥《りんていげつが》行政長官は四日、テレビ出演し、中国本土への容疑者引き渡しを可能にする「逃亡犯条例」改正案の撤回を正式表明した。林鄭氏は既に廃案方針を示していたが、改正案の完全撤回を求める若者らの過激なデモは収まらず、さらなる譲歩に追い込まれた。強硬一辺倒の中国の習近平指導部も香港政府の判断を容認した形で、異例の対応だ。

ただ六月の大規模デモを主催した民主派団体は四日、普通選挙の実現などに向け「闘争を続ける」との声明を発表。デモは香港の政治改革を求める運動に発展しており、改正案をきっかけに三カ月近く続いている混乱が収束するかどうかは不透明な情勢だ。

デモ隊は警察の「暴力」を調べる独立調査委員会の設置を求めているが、林鄭氏は応じない方針を強調。「(ごく少数の人が)香港を危険な瀬戸際に追いやっている」と非難し、違法行為の法的責任を追及する姿勢を示した。一方「争いを対話に換えよう」と述べ、政府と市民の枠組みづくりも提起した。

香港株式市場は四日、前日の終値比で一時四%超の急上昇となった。撤回により混乱が収まるとの期待感から、買いが優勢になったもようだ。香港立法会の議事規則によると、撤回には立法会の本会議を再開し、改正案を提出した政府高官が撤回を宣言する手続きが取られる。

改正案を巡っては、撤回を求める六月十六日のデモに一九九七年の香港返還以降で最多の「二〇〇万人近く」(主催者発表)が参加した。

二〇二〇（令和二）年五月二十二日

香港に監視組織案　中国全人代　反体制封じる狙い

新型コロナウイルスの感染拡大を受けて延期されていた中国人民代表大会（全人代、国会に相当）が二十二日開幕し、香港で国家分裂や政権転覆の活動を禁じるための法整備を進める議案が提出された。抗議デモなどで高まる反体制的な動きを封じる狙いがある。香港で保障される人権や自由が本土並みに制限される恐れがあり、「一国二制度」は重大な危機に直面している。

議案の草案は「国家安全の維持を担う中国の政府機関が、必要に応じて香港に機構を設けその職責を果たす」とした。法案は反政府活動を監視・摘発する国家安全当局などが香港に出先機関をつくり活動することに道を開く可能性がある。

議案を説明した王晨・常務委員会副委員長は「国家安全を守る香港の法制度は不健全で、欠点がある。一国二制度を続けるために必要な措置だ」と訴えた。

昨年「逃亡犯条例」の改正を機に大規模デモが続いたことを重く見た指導部は、昨年十月の党会議で「国家安全を守るための法と執行制度を確立する」方針を打ち出していた。議案は、これを具体化するものだ。

香港民主派が激しく反発しているほか、トランプ米大統領も「もし実現させるなら米国は強い対応をとる」と語った。香港情勢が再び緊張するのは必至だ。
全人代では李克強首相による政府活動報告も行われたが、毎年発表してきた経済成長率目標の提示は見送った。

六月三十日
香港国家安全維持法　成立
中国国営通信新華社によると、全人代の常務委員会の会議は三十日、中国政府による香港の統制強化を目的とした「香港国家安全維持法」を全会一致で可決、同法は成立した。香港政府が公布し、香港返還二十三年に当たる七月一日に合わせて施行する構え。香港では早くも民主派政治団体が解散するなど、萎縮し始めている。高度の自治や司法の独立を認めた「一国二制度」は存続の瀬戸際に追い込まれた。
今後、国家安全を巡る事案では中国政府の出先機関「国家安全維持公署」による法執行が可能になる。香港では集会や言論の自由が認められてきたが、中国本土と同様、共産党や政府に批判的な活動は犯罪として取り締まられる懸念がある。
法案の概要によると、国家転覆、外国勢力と結託して国家の安全に危害を加えるといった行為が処罰対象となる。香港メディアによると、「中国、香港への制裁を外国に要求」することも処罰対象となる。中国共産党序列三位の栗戦書・全人代常務委員長（国会議長）は「この重要な法律を徹底的に遂行する」と強調した。

二〇一四年の香港大規模民主化デモ「雨傘運動」を率いた黄之鋒氏らが設立した政治団体「香港衆志（デモシスト）」は三十日、フェイスブックで解散を宣言した。独立志向の政治組織「香港民族陣線」も香港メンバーは解散し、海外で活動を続けると発表した。

習近平指導部は香港市民や国際社会の懸念を顧みず同法制定を強行。審議開始から二週間足らずという異例の速さで、法案全文を公開しないまま採決した。

七月一日

香港国家安全維持法が施行　「一国二制度」が形骸化、歴史的な岐路に

七月三日

香港治安機関が本格始動　国家安全維持公署トップに強行派

中国政府は三日、香港国家安全維持法（国安法）に基づいて香港に設置する出先機関「国家安全維持公署」の署長に、広東省共産党委員会常務委員を務めてきた鄭雁雄氏を任命した。香港で新設された「国家安全維持委員会」の中国政府顧問も決定した。同法施行に伴う中核組織の人事を固め、習近平指導部が香港での反政府活動の取り締まりに関与する新たな体制が本格始動した。また香港では一日に逮捕された男性一人が三日、国安法違反罪で初めて起訴され、同法により抗議デモを激しく取り締まる姿勢を改めて示した。国安法によると、国家安全維持公署は「国家の安全を害する犯罪」に関し、国家の安全が「重大な脅威」に直面するなど特定の状況下で、中国政府主導で立件や捜査を担う。

署長に就いた鄭氏は、広東省の末端幹部だった際、二〇一一年に腐敗に抗議する住民と警官隊が激しく衝突した烏坎村の事件に対処し「住民や海外メディアへの強硬姿勢が評価されて出世した」（中国メディア関係者）とされる。香港政府は三日、林鄭《りんてい》月娥《げつが》行政長官が主席を務める「国家安全維持委員会」の設置も宣言。同委員会は、中国政府の指導下で香港の治安政策を策定する。中国政府が同委員会に派遣する顧問には香港出先機関「香港連絡弁公室」トップの駱恵寧主任が任命された。

香港国家安全維持法骨子

- 中央政府は香港に国家安全維持公署を設置

■公署は国家安全を害する犯罪に管轄権行使
■国家分裂罪、国家政権転覆罪、テロ活動罪、外国勢力と結託し国家安全を害する罪を防止、阻止し、処罰。関わった外国の機構、人も罰する
■公署は外国の非政府組織（ＮＧＯ）や報道機関の管理を強化
■香港は国家安全維持委員会を設置
■香港国家安全維持法は香港の他の法律に優先。解釈権は全国人民代表大会（全人代）常務委員会にある

負けるな香港、頑張れ香港、燃えよホンコン。

生きている

緑の風に包まれた早朝
還暦はとっくに過ぎてしまった
多くを失ったが
得たものもある
良くもなく
それほど悪くもなかった
大きな病もしたが
まだ生きている
空気がうまい
この自由な空気がうまい
生きている
生きている

老後資金二千万円問題

二〇一九（令和元）年六月四日㈫の新聞にこんな記事が載っていた。

金融庁の金融審議会は三日、長寿化による「人生一〇〇年時代」に備え、計画的な資産形成を促す報告書をまとめた。**年金だけでは老後の資金を賄えず、九十五歳まで生きるには夫婦で二千万円の蓄えが必要になる**と試算。現役期とリタイヤ前後、高齢期といった人生の段階別に資産運用、管理の心構えを説いた。少子高齢化による公的年金制度の限界を政府自ら認め、国民の自助努力を求めた形だ。ただ投資には元金割れリスクもあり、金融商品の慎重な選別が必要となる。

報告書は、男性が六十五歳以上、女性が六十歳以上の夫婦のみの世帯では、公的年金を中心とする収入約二十一万円に対し支出は約二十六万円となり、月五万円の赤字になると試算。これから二十年生きるのなら千三百万円、三十年なら二千万円が不足になると指摘した。少子高齢化で年金の給付水準の調整が予想され、今後不足額はさらに拡大するとした。

■人生の段階別に求められる対応

現役期

○将来の人生設計や資金計画を検討

○少額でも積み立て、分散投資による資産形成に着手

（金融庁は別添え資料で、資産形成のために確定拠出年金「ｉＤｅＣｏ〈イデコ〉」と「つみたてＮＩＳＡ」などの金融商品の活用を提案している）

○長期的に取引する金融機関を選ぶ

リタイヤ前後

○退職金の使い道や資金計画を再検討

○金融資産の目減り抑制や収支の見直し

○中長期的な資産運用を継続

高齢期

○資産の計画的な取り崩し

○医療費の増加や老人ホーム入居などを見据えた資金計画の見直し

○認知症などになった場合の資産管理方法の明確化

■金融庁の提案した老後の資産形成のための金融商品

つみたてNISA（ニーサ）

二〇一八年一月に始まった小額投資非課税制度（NISA）の長期積立枠のことで、三七年までの時限措置だが、年間四十万円までの積立投資で運用益が課税されない。二十歳以上の国内住居者であれば誰でも利用でき、いつでも引き出せる。ただし元本割れの恐れあり。金融庁は一八年十二月末時点で一〇三万口座を超え、買い付け額が九三一億円を突破したと発表。

iDeCo（イデコ）

私的年金の一種で、個人が毎月掛け金を積み立て、運用商品を選択する仕組み。運用益によって将来受け取れる年金額は変動する。掛け金は所得控除され、運用益も非課税。年金制度なので、六十歳になるまで途中の引き出しはできない。運用によっては損失が生じる可能性がある。

八日後の六月十一日、菅義偉官房長官は記者会見で「政府として正式な報告書としては受け取らない」と述べた。

金融庁金融審議会の報告書が「政府のいう百年安心の年金制度ではない」と各方面

から批判され炎上、七月の参議院選挙への影響を警戒する政府と与党からトカゲの尻尾切りのように突き放され、実質撤回に追い込まれた。

麻生太郎金融相も十一日の記者会見でこう言った。

「六月三日に公表された金融庁金融審議会作業部会の報告書は世間に著しい不安や誤解を与えている。これまでの政府のスタンスとも異なっている。担当相としてこれを正式な報告書としては受け取らないことを決定した」

なんともおかしな話である。部下が世間に公表した報告書を、上司である大臣が受け取らない？　公表は大臣の責任ではないの？　麻生さんは記者会見でこう言うべきだった。「金融庁の公表した報告書が間違いなので撤回してお詫びいたします」

しかし、待てよ。この報告書を読む限り間違いなんか一つもない。年金だけでは足りないので貯金をして下さいと、資産形成の方法まで書いてあるとても親切な報告書である。ただ、報告書公表の意図がさっぱり分からない。

はっきり言えるのは、国民の顔色を窺い保身に汲々とする政府が部下を裏切って、信頼をなくしたことである。

（この報告書は発表三カ月後の二〇一九年九月二十五日に金融庁の金融審議会総会において、撤回が決定された。総会では「今後は報告書を議題にしない」ことを確認。中島淳一企画市場局長はあいさつで、報告書は「世間に著しい誤解や不安を与えた」と改めて謝罪した）

腐りきっている。

話を聞かないにもほどがある

本当の幸せ

青くきれいな海
この海は
どんな景色を見たのだろうか
爆弾が何発も打ちこまれ
ほのおで包まれた町
そんな沖縄を見たのではないだろうか

緑あふれる大地
この大地は
どんな声を聞いたのだろうか

けたたましい爆音
泣き叫ぶ幼子
兵士の声や銃声が入り乱れた戦場
そんな沖縄を聞いたのだろうか

青く澄みわたる空
この空は
どんなことを思ったのだろうか
緑が消え町が消え希望の光を失った島
体が震え心も震えた
いくつもの尊い命が奪われたことを知り
そんな沖縄に涙したのだろうか

平成時代
私はこの世に生まれた
青くきれいな海

緑あふれる大地
青く澄みわたる空しか知らない私
海や大地や空が七十四年前
何を見て
何を聞き
何を思ったのか
知らない世代が増えている
体験したことはなくとも
戦争の悲さんさを
決して繰り返してはいけないことを
伝え継いでいくことは
今に生きる私たちの使命だ
二度と悲しい涙を流さないために
この島がこの国がこの世界が
幸せであるように

お金持ちになることや
有名になることが
幸せではない
家族と友達と笑い合える毎日こそが
本当の幸せだ
未来に夢を持つことこそが
最高の幸せだ

「命《ぬち》どぅ宝」
生きているから笑い合える
生きているから未来がある

令和時代
明日への希望を願う新しい時代が始まった
この幸せをいつまでも

右は、二〇一九（令和元）年六月二十三日、「沖縄全戦没者追悼式」で沖縄県糸満市立兼城小六年山内玲奈さん（11）が朗読した「平和の詩《し》」である。七十四年前のこの日、旧日本軍が組織的な戦闘を終えたとされる。玉城《たまき》デニー知事は沖縄全戦没者追悼式の平和宣言で、米軍普天間飛行場（宜野湾市）の名護市辺野古移設を巡る二月の県民投票に言及。辺野古沿岸部埋め立て「反対」が七割超だったことを改めて訴え、工事を強行する政府を批判し移設断念を求めた。一方安倍晋三首相は追悼式出席後、「移設は基地を増やすものではない」と述べた。民意を盾に「基地が必要ない」とする知事と、「辺野古移設が唯一の解決策」とする首相。

二人とも「平和の詩《し》」を聞いていたのに、その意味を全く理解していないようである。

人の話を聞かないにもほどがある。

喪主のあいさつ

ある葬式に参列した。

その喪主のあいさつに感動した。勿論カンペなどは持っていない。

「九十四で亡くなった父は厳しい人でした。私は都会に出ていたので、父が田舎でどんなことをしていたのかよく知りません。

ご参列の皆様方に接し、父が地域と深い繋がりを持って暮らしていたのだと初めて知りました。

父がとてもお世話になり、ありがとうございました」

簡潔で心に響く、いいあいさつだった。

ツイートで会っちゃった

「さっきツイッターで出会ったよ」それは若い男女の話ではない。なんと国家元首たちだった。

ときは二〇一九年六月三十日午後三時四十五分ごろ（日本時間）、ところは朝鮮半島の板門店《パンムンジョム》、米朝首脳のランデブーがツイッターで実現したのである。

「金委員長がこれを見ていたら、私はただ彼と握手し、ハローと言うために非武装地帯（DMZ）で会うだろう」。米大統領ドナルド・トランプ（73）が二十九日早朝、20カ国・地域首脳会議（G20サミット）出席のため訪れていた大阪で、ツイッターを通じて呼び掛けてからわずか一日で会談が実現した。

これに応じた朝鮮労働党委員長金正恩（35？）は、「ツイートを見て驚いた」と会談で語った。

トランプ氏は会談に先立ち、韓国の文在寅《ムンジェイン》大統領と共に軍事境界線がある非武装地帯を視察。境界線の韓国側で金氏を待ち構え、金氏に促される形で北朝鮮側に入って握手した。すぐに金氏を伴って韓国側へ戻り「自由の家」で一時間弱会談した。

■米朝首脳　発言要旨

【面会、握手後】

金氏　トランプ大統領は史上初めてわれわれ（北朝鮮）の地を踏んだ米大統領となった。トランプ氏が境界線を越えたのは、良くない過去を清算し、今後良い未来を開拓しようという人並みならぬ英断だと思う。

トランプ氏　この境界線を越えたことは大変光栄だ。多くの進展があり、強固な友情が築かれた。急な誘いに応じてくれてありがとう。多くの前向きなことが各地で起きた。私と金氏は出会った初日からお互い好きだった。彼をホワイトハウスに招待する。歴史的だ。世界にとって素晴らしい日だ。

【会談冒頭】

金氏　トランプ氏の親書を私が見て、事前に対面が合意されていたのではないかと言う人がいるが、実は昨日の朝、大統領がそうした意向を表明したのを（ツイッターで）見て私も驚き、正式に今日ここで会うとの提案を昨日知った。

私も閣下にまた会いたかったし、北と南の分断の象徴であり、悪い過去を想起させることがこの場で、長く敵対関係にあった両国が平和の握手をすること自体が、昨日とは違う今日を表現している。今後われわれがより良く変わることができるということを全ての人々に示す出会いだと肯定的に考え、また今後われわれが取る行動に肯定的な影響を及ぼし得ると考えた。

閣下と私の間に存在する素晴らしい関係がなければ、恐らく一日で対面が電撃的に実現することはなかっただろう。この素晴らしい関係が今後、他の人には予想できない良いことを引き続きつくり、今後直面する難関や障害を克服する神秘的な力になると確信する。

トランプ氏　特別な瞬間だ。韓国の文在寅大統領が言うように、歴史的な瞬間だ。金氏には別の点でも感謝したい。私がツイッターに投稿した件だ。もしあなたがここに来なかったら、私の顔がつぶれるところだった。

われわれは大変良い関係を築き上げてきた。二年半前、私が大統領になる前にさかのぼれば、状況はものすごく悪く、韓国、北朝鮮、そして世界にとって大変危険だった。ここまで築き上げた関係は多くの人々のおかげだ。あなたとここにいること、二人で境界線を越えたことを光栄に思う。

【会談後記者団に】

トランプ氏　われわれは（実務協議の）チーム設立で合意し、詳細はチームが協議する。二～三週間以内に動き始める。大変複雑だが、人々が思うほど複雑でもない。交渉はスピードが目的ではない。包括的な良い合意を目指す。文氏は友好的かつ平和的に事態が推移するとは決して信じられなかったと言っていた。シンガポール（の米朝首脳会談）で全てが変わった。ハノイ（の再会談）も成功させ良好な関係を維持してきた。

ツイートから二十四時間以内だったが、大統領警備隊（シークレットサービス）や軍が迅速に対応してくれた。金氏に「こちら（韓国側）に来られますか？」と尋ねると金氏は「大変光栄です」と答えた。会談は五分の予定だったが、実際には一時間近くになった。

（北朝鮮が五月に短距離弾道ミサイルを発射したが）問題視しない。われわれが問題視するのは長距離弾道ミサイルだ。もっと重要なのは核実験が行われていないことだ。制裁は維持する。

【在韓米軍演説】

トランプ氏　金氏と一緒に北朝鮮に足を踏み入れてきた。私たちは笑い合い、非常に生産的な会談をした。偉大な会談だった。北朝鮮にはとても潜在能力がある。
（共同通信）

一国の元首同士がツイートで出会うなどとは世界中が思いもよらなかっただろう。

世界一ケツの軽い二人の今後が心配である。

商業捕鯨再開

戦後を生きてきた人々の間では「鯨肉＝代用＝安物」といった偏見・嫌悪感もあるだろうが、私は鯨のステーキが好きである。

記憶では小さいころ週一で鯨のステーキを食べていたし、カレーの肉も鯨だった。学校給食にも鯨の竜田揚げがよく出たものである。

貧乏な我が家の鯨のステーキはオノミ（尾の身）ではなく、アカニク（赤肉）を一晩醤油漬けにして焼いたものだが、料理上手の母が作った鯨のステーキはとても美味しかったのである。

日本は反捕鯨国が過半を占める国際捕鯨委員会（ＩＷＣ）で協議を続けても、四分の三の賛成が必要となる商業捕鯨再開が認められるのは困難と判断。二〇一八年十二月に脱退を表明してＩＷＣ側に通告していた。条約の規定で二〇一九年六月三十日に脱退が成立した。戦後、日本は主要な国際機関を脱退した例はなく、極めて異例な対応だ。

ＩＷＣの構図（水産庁資料による、二〇一八年十月時点）

反捕鯨国（48カ国）

オーストラリア・ニュージーランド・ブラジル・アルゼンチン・米国・英国・オランダなど

捕鯨支持国（41カ国）

日本（六月三十日脱退）・アイスランド・ノルウェー・ロシア・デンマーク・韓国・ギニアなど

二〇一九（令和元）年七月一日

日本は領海と排他的経済水域（ＥＥＺ）を操業海域として三十一年ぶりに商業捕鯨を再開し、北海道の釧路港から沿岸操業の捕鯨船、山口県の下関港から沖合操業の捕鯨船がそれぞれ出航した。同日夕にはミンククジラ２頭が釧路で水揚げされた。商業捕鯨を認めないＩＷＣを六月三十日に脱退して「悲願」が実現したが、国民の鯨食への関心が薄らぐ中で事業の先行きは見通せない。反捕鯨国からの批判が強まる恐れもあり、政府は捕鯨枠を抑えた。

沖合操業はミンククジラ、ニタリクジラ、イワシクジラの三種類が対象。これまでIWC管理対象外種を捕獲していた沿岸操業でもミンククジラが対象に加わる。

水産庁は一日、今年末までの半年間の商業捕鯨捕獲枠をミンククジラ52頭、ニタリクジラ150頭、イワシクジラ25頭の計227頭に設定したと発表。二〇二〇年以降の年間捕獲可能量はミンククジラ171頭、ニタリクジラ187頭、イワシクジラ25頭の計383頭とした。

乱獲を防ぐためIWCで採択された方式で算出した383頭（推定資源量の1％以下という水準）は他魚種に比べて非常に厳しく、クジラを保護すべき動物とみなす国際世論に配慮した形だ。

クジラの種類	ミンククジラ	イワシクジラ	ニタリクジラ	合計
一頭の重さ（トン）	5～8	24～31	12～20	
昨年の捕獲枠（頭）	503	134	0	637
商業捕鯨の年間捕獲枠（頭）	171	25	187	383
昨年の重量枠（トン）	2515	3216	0	5731

（計算上の値）	〜4024	〜4154		〜8178
商業捕鯨の年間捕獲重量枠（トン）	855	600	2244	3699
（計算上の値）	〜1368	〜775	〜3040	〜5183

政府は脱退後もＩＷＣにオブザーバーとして参加し、集めた鯨類のデータ提供などで資源管理に協力する。

それでも、商業捕鯨再開は、クジラの資源管理を規定する国連海洋法条約違反として訴えられる可能性が否定できない。二〇一四年に国際司法裁判所から南極海での調査捕鯨の中止を求められた苦い経験もある。

他の捕鯨国などとも連携しながら、国益を損なうことのないよう外交上のリスクを精査していく必要がある。

右記の通り脱退後の捕獲枠は60％に減少し、重量比率も約64％に減少する計算となる。ＩＷＣを脱退して捕獲枠を減らすのなら、何故脱退したのか不思議である。

私の推測だがその答えは、

①昨年まで行ってきた調査捕鯨では遠洋のため刺身に出来なかったが、今年からの商業捕鯨は日本近海に限られるため、新鮮な刺身を販売出来る。

②近年日本近海のサバ・スルメイカの漁獲量が減っている↓その原因はクジラが食べているからである↓商業捕鯨は領海（12海里まで）と排他的経済水域（EEZ）（200海里まで）に限定している↓日本近海のクジラが減る↓日本近海のサバ・スルメイカが増える↓サバ・スルメイカの漁獲量が増えて安価になり日本の消費者が喜ぶ。

甘くて旨いクジラの刺身を早く食べてみたいものである。

二反田の思い出

二〇一九（令和元）年七月五日と六日の両日、丹波新聞社（丹波市柏原町柏原）の一階ロビーで「礫《れき》の会」（主宰竹村公作氏）によってある歌集が販売された。

その歌集とは、二〇一八年五月に八十七歳で亡くなられた歌人で国文学者の由良琢郎先生（丹波市市島町梶原）が、歌集や歌誌などで発表した歌三五〇六首を収録した『由良琢郎全歌集』（460ページ、税込み五千円）である。

師は柏原高校教諭、西脇高校教諭、神戸常盤短期大学非常勤講師などを務めた。日本文学風土学会会員、日本ペンクラブ会員、「礫の会」初代主宰。『伊勢物語』に造詣が深く、一九七九年、『伊勢物語人物考』を発行。『古歌への誘い』『大和百話』『和泉式部日記全釈』などの評論集もある。丹波新聞社で開設の丹波カルチャーセンターで長年、短歌を教えた。

師との出会いは私が二十代のころだからもう四十年も前になる。社内報の記事の依頼を受けた私は「黒井城落城秘話」を書くための取材をしていたところ、詳しい方が梶原におられることを知り早速出かけて行った。

田植え時期の日曜日の午後にお宅を訪ねると、師は近くの二反田で田ごしらえをしておられた。

初対面の私がかくかくしかじかで教えて頂きたいと申し出ると、師は忙しい中嫌な顔ひとつせず「ここにお座り下さい」と言い、二反田北側の高さ二メートルほどの畦に私を座らせ自分も隣に座られた。

薫風の中で時おり聞こえる鶯の声と、穏やかに語られる師の声に、私は光秀の時代に導かれた。

師の言葉をしっかりとテープレコーダーに収めて帰った私の記事は、後日社内でたいそう評判になったと記憶している。


二反田に七石は獲る夢もちて土そのものになじまんとする

（『由良琢郎全歌集』より）


その節は見ず知らずの若造に大変親切にして頂きましてありがとうございました。

この歌集を宝物にします。

日米安保と安倍外交

一九五一（昭和二十六）年九月八日いわゆる旧日米安保条約が署名された（一九五二〈昭和二十七〉年四月二十八日発効）。

日本の降伏以降、日本はアメリカ軍を中心とした連合国軍に占領され、日本軍は解体された。冷戦による陣営対立が深まり、一九五〇（昭和二十五）年六月二十五日には朝鮮戦争が勃発している。日本駐留のアメリカ軍は朝鮮半島に移動し、警察予備隊（のちの陸上自衛隊）が創設されるなど、日本の防衛・安全保障環境は不安定であった。

朝鮮戦争が継続されるなか、日本は共産主義陣営を除いた諸国と講和する運びとなってきた（単独講和）。防衛・安全保障環境を憂えた日米両国は、日本の主権回復後もアメリカ軍が駐留することで、極東における安全保障環境を維持することとした。これにより、日本との平和条約と同時に、〝全ての占領軍は講和成立により速やかに撤退する。二国間協定により引き続き駐留を容認される国も存在出来る〟と定めた条約6条a項但し書きの規定を基に本条約が結ばれた。この条約により、アメリカ合衆国は「望む数の兵力を望む場所に望む期間だけ駐留させる権利を確保」（国務長官顧問＝ジョーン・フォスター・ダレス）した。

条項は前文と5条からなり、条約の期限は無く、防衛義務は明言されていない。このため、防衛義務の明言や内乱条項の削除などを行った日本国とアメリカ合衆国との間の相互協力及び安全保障条約（新日米安保条約）を締結、一九六〇年に発効した。旧日米安保条約第四条および新日米安保条約第九条の定めにより、旧日米安保条約は一九六〇年六月二十三日に失効した。

■旧日米安保条約の内容

前文

日本に独自の防衛力が充分に構築されていないことを認識し、また国連憲章が各国に自衛権を認めていることを認識し、その上で防衛用の暫定措置として、日本はアメリカ軍が日本国内に駐留することを希望している。また、アメリカ合衆国は日本が独自の防衛力を向上させることを期待している。平和条約の効力発効と同時にこの条約を発効することを希望する。

第一条（アメリカ軍駐留権）
日本は国内へのアメリカ軍駐留の権利を与える。駐留アメリカ軍は、極東アジアの安全に寄与するほか、直接の武力侵攻や外国からの教唆などによる日本国内の内乱などに対しても援助を与えることができる。
第二条（第三国軍隊への協力の禁止）
アメリカ合衆国の同意を得ない、第三国軍隊の駐留・配備・基地提供・通過などの禁止。
第三条（細目決定）
細目決定は両国間の行政協定による。
第四条（条約の失効）
国際連合の措置または代替されうる別の安全保障措置の効力を生じたと両国政府が認識した場合に失効する。
第五条（批准）
批准後に効力が発効する。
以上の証拠として、左名の全権委員は、この条約に署名した。

一九五一年九月八日にサン・フランシスコ市で、日本語及び英語により、本書二通を作成した。
日本国のために
吉田茂
アメリカ合衆国のために
ディーン・アチソン
ジョーン・フォスター・ダレス
アレキサンダー・ワイリー
スタイルス・ブリッジス

■新日米安保条約の内容

前文
日本国及びアメリカ合衆国は、
両国の間に伝統的に存在する平和及び友好の関係を強化し、並びに民主主義の諸原則、個人の自由及び法の支配を擁護することを希望し、
また、両国の間の一層緊密な経済的協力を促進し、並びにそれぞれの国における経

済的安定及び福祉の条件を助長することを希望し、
国際連合憲章の目的及び原則に対する信念並びにすべての国民及びすべての政府とともに平和のうちに生きようとする願望を再認識し、
両国が国際連合憲章に定める個別的又は集団的自衛の固有の権利を有していることを確認し、
両国が極東における国際の平和及び安全の維持に共通の関心を有することを考慮し、
相互協力及び安全保障条約を締結することを決意し、
よって、次のとおり協定する。

第一条

締約国は、国際連合憲章に定めるところに従い、それぞれが関係することのある国際紛争を平和的手段によって国際の平和及び安全並びに正義を危うくしないように解決し、並びにそれぞれの国際関係において、武力による威嚇又は武力の行使を、いかなる国の領土保全又は政治的独立に対するものも、また、国際連合の目的と両立しない他のいかなる方法によるものも慎むことを約束する。

締約国は、他の平和愛好国と協同して、国際の平和及び安全を維持する国際連合の任務が一層効果的に遂行されるように国際連合を強化することに努力する。

第二条

締約国は、その自由な諸制度を強化することにより、これらの制度の基礎をなす原則の理解を促進することにより、並びに安定及び福祉の条件を助長することによって、平和的かつ友好的な国際関係の一層の発展に貢献する。締約国は、その国際経済政策におけるくい違いを除くことに努め、また、両国の間の経済的協力を促進する。

第三条

締約国は、個別的に及び相互に協力して、継続的かつ効果的な自助及び相互援助により、武力攻撃に抵抗するそれぞれの能力を、憲法上の規定に従うことを条件として、維持し発展させる。

第四条

締約国は、この条約の実施に関して随時協議し、また、日本国の安全又は極東における国際の平和及び安全に対する脅威が生じたときはいつでも、いずれか一方の締約国の要請により協議する。

第五条

各締約国は、日本国の施政の下にある領域における、いずれか一方に対する武力攻撃が、自国の平和及び安全を危うくするものであることを認め、自国の憲法上の規定及び手続に従って共通の危険に対処するように行動することを宣言する。
前記の武力攻撃及びその結果として執ったすべての措置は、国際連合憲章第五十一条の規定に従って直ちに国際連合安全保障理事会に報告しなければならない。その措置は、安全保障理事会が国際の平和及び安全を回復し及び維持するために必要な措置を執ったときは、終止しなければならない。
第六条
日本国の安全に寄与し、並びに極東における国際の平和及び安全の維持に寄与するため、アメリカ合衆国は、その陸軍、空軍及び海軍が日本国において施設及び区域を使用することを許される。
前記の施設及び区域の使用並びに日本国における合衆国軍隊の地位は、一九五二年二月二十八日に東京で署名された日本国とアメリカ合衆国との間の安全保障条約第三条に基づく行政協定（改正を含む。）に代わる別個の協定及び合意される他の取極により規律される。
第七条
この条約は、国際連合憲章に基づく締約国の権利及び義務又は国際の平和及び安全を維持する国際連合の責任に対しては、どのような影響も及ぼすものではなく、また、及ぼすものと解釈してはならない。

第八条

この条約は、日本国及びアメリカ合衆国により各自の憲法上の手続に従って批准されなければならない。この条約は、両国が東京で批准書を交換した日に効力を生ずる。

第九条

一九五一年九月八日にサン・フランシスコ市で署名された日本国とアメリカ合衆国との間の安全保障条約は、この条約の効力発生の時に効力を失う。

第十条

この条約は、日本区域における国際の平和及び安全の維持のため十分な定めをする国際連合の措置が効力を生じたと日本国政府及びアメリカ合衆国政府が認める時まで効力を有する。

もっとも、この条約が十年間効力を存続した後は、いずれの締約国も、他方の締約国に対しこの条約を終了させる意思を通告することができ、その場合には、この条約は、そのような通告が行なわれた後一年で終了する。

以上の証拠として、左名の全権委員は、この条約に署名した。

一九六〇年一月十九日にワシントンで、ひとしく正文である日本語及び英語により本書二通を作成した。

日本国のために

岸信介

藤山愛一郎

石井光次郎

足立正

朝海浩一郎

アメリカ合衆国のために

クリスチャン・A・ハーター

ダグラス・マックアーサー二世

J・グレイアム・パーソンズ

■根拠なき安保批判　反論を

二〇一九（令和元）年七月十九日の『神戸新聞』の五面には、元米国防総省東アジア政策上級顧問のジェームズ・ショフ氏が書いたトランプ氏の日米同盟発言に関する記事が右のタイトルで掲載された。次の内容である。

トランプ米大統領が日米安全保障条約を再び批判した。こうした持論は以前から知られていたが、20カ国・地域首脳会議（G20大阪サミット）に際し、公然と「不公平な合意」と言い放つとは想定外だった。政治的発言とはいえ、効果的に反論しなければ重い意味を持つかもしれない。

一般論としては、この手の発言を適切に扱うことは可能である。米国の政財官界や軍部には、支持する者はほとんどいない。多くの米国人も日本との同盟について、双方にとって価値ある取り決めと認識している。

トランプ氏自身も同盟を称賛し、日本による米国製兵器の購入などに謝意を表してきた。政権発足翌月の二〇一七年二月、北朝鮮が弾道ミサイルを発射した際には「偉大な同盟国の日本を１００パーセント支持する」と明言した。

そうした経緯を踏まえると、今回の対日批判はある意味、政治的メッセージだった。G20の様子が米国でもテレビ放映され、支持者の目に触れることを意識し、外国首脳とやり合う「強い指導者」であることを印象付けようとしたのだ。

トランプ氏は、冷戦期にソ連の脅威と対峙した北大西洋条約機構（NATO）のことも「時代遅れ」「不公平」と攻撃した。韓国にも米軍駐留経費の大幅増額を要求した。安保条約批判はこれらと軌を一にしており、日本だけをやり玉に挙げているわけではない。

しかし、日本が米国を利用しているとの持論を今後も声高に繰り返せば、日米安保の歴史的背景や相互支援の実績から懸け離れた主張であっても、より多くの米国人が真に受けるようになるかもしれない。

トランプ政権の「国家安全保障戦略」や「国家防衛戦略」は、同盟関係が死活的に重要と強調している。だが、トランプ氏の支持者は政策文書に目を通すより、大統領の言葉に耳を傾けるに違いない。

連合国総司令部（GHQ）は一九四六年、日本が再び海外で戦争しないための歯止めとして日本国憲法を起草した。その後、憲法の制約を補うため、日本の基地提供と引き換えに、米軍が対日防衛に取り組むとする安保条約が結ばれた。

双方に有益な枠組みの下、日米は朝鮮、ベトナム、アフガニスタン、イラクの各戦争のほか、東日本大震災でも協力した。この間、日本は同盟への貢献を着実に拡大した。米軍と自衛隊は一体化を進め、現在は他の国々と北朝鮮制裁の履行などに当たっている。トランプ氏はそうした事実に目を向けず、政治的メッセージとしてだけでなく、日米貿易交渉や来年の在日米軍駐留経費改正交渉を巡り、安倍晋三首相から譲歩を引き出す圧力手段として、同盟への不満を利用しようとするかもしれない。

そのような行為はどちらの国の利益にもならない。公然と問題視し続けるのであれば、二〇二〇年に全面改定から六十年を迎える安保条約の効用を説明し、強く反論する必要がある。「同盟いじめ」をやり過ごすべきではない。

■地球儀俯瞰外交

第一九八回国会（期間二〇一九年一月二十九日〜同年六月二十六日までの一五〇日間）の総理大臣施政方針演説で安倍首相は次のように語った。

「我が国の平和と繁栄を確固たるものとしていく。そのためには、安全保障の基盤を強化すると同時に、平和外交を一層力強く展開することが必要です。

この六年間、積極的平和主義の旗の下、国際社会と手を携えて、世界の平和と繁栄にこれまで以上の貢献を行ってきた。地球儀を俯瞰する視点で、積極的な外交を展開してまいりました。

平成の、その先の時代に向かって、いよいよ総仕上げの時です。

（中略）

これまでの地球儀俯瞰外交の積み重ねの上に、各国首脳と築き上げた信頼関係の下、世界の中で日本が果たすべき責任を、しっかりと果たしていく決意です」

日本が借金まみれで消費税を引き上げなければやっていけないときに、安倍首相は世界中を外遊して数兆円をばら撒いた。

ところが、ロシアとは二島返還どころか、日ロ平和条約の締結にも至っていないし、拉致問題では無条件で北朝鮮の金正恩委員長に会うというが、その道筋はほとんど立っていない。隣国の韓国とは元徴用工問題で冷戦状態が続いているし、一番仲よしだと思っていたトランプさんには日米安保条約が「不公平な合意」と公然と言われてしまった。

地球儀俯瞰外交を積み重ねてきた「外交の安倍」は一体何をしてきたのだろう。成功したとは思えない。

敗因はひとえに「矜持と品格のなさ」である。

日本はポチ？

二〇一九（令和元）年七月七日

参院選で改憲論がかまびすしい。安倍晋三首相は「議論すら行われない姿勢で本当に良いのかどうか。国民に問いたい」と宣言。「憲法に自衛隊と明記し、違憲論争に終止符を打つ」と意気込む。

だが一見わかりやすい改憲論の本質はかすみがち。その訳は、自衛隊の三文字を盛り込むだけにとどまらないからだ。

自民党の改憲案は「必要な自衛の措置」の実力組織として、憲法9条に自衛隊を明記する。必要な自衛の措置とは何か。日本は戦後、自衛の措置で武力を使えるのは、日本が直接攻撃を受けた時だけとの立場を貫いてきた。これが個別的自衛権。

ところが安倍政権下の二〇一五年九月に成立した安保法制で防衛の根幹が転換した。時の政権が「存立危機事態」と判断すれば、日本が直接攻撃されなくても、他国の戦争に参戦できるようにしたのだ。いわゆる集団的自衛権である。

つまり、自民党改憲案の「必要な自衛の措置」は安保法制を改憲で後追いするばかりか、自衛を盾に日本が他国の戦争に歯止めなく加わる道を開きかねない。自衛隊の明記はいわば「表紙」。これに目を奪われると事の本質を見誤る。肝は集団的自衛権の行使を含む自衛の措置にほかならない。

これまでは日本を守るためだけに戦う「専守防衛」を盾に、米国からの自衛隊の戦地派遣要求をうまくかわしたり、最前線へ行かないようにしたりしてきた。なのに安保法制に加え、憲法で事実上、集団的自衛権の行使を認めれば、米国から「なぜ協力しないのか！」と従来にも増して迫られても不思議ではない。

他方、自衛官の人手不足は深刻だ。今春の防衛大学校卒業生478人のうち、自衛官にならなかった任官辞退者は一割超の49人。一九九一年の94人に次ぐ多さだ（一九九一年一月に湾岸戦争が勃発。停戦後の四月に海上自衛隊のペルシャ湾掃海派遣があった↓自衛隊初の海外派遣）。

防衛省関係者は「防大卒業生は民間企業から評判が高く、売り手市場。同時に、卒業生には『他国の戦争に行きたくない』と思う者もいるのではないか」と漏らす。

自衛隊の定員24万7千人超に対し、現員は22万4千人余りで、充足率は約90％。中でも「士」と呼称される一番下の階級は73％程度だ。人口の将来予測も右肩下がり。

これでは頭数からして、日本の防衛は危うい。
それでも安倍政権は米国製装備の「爆買い」に突き進む。無人化や人口知能（AI）の活用で自衛官の不足をどう補うのか、青写真は見えない。改憲を推し進めたところで、日本の国益にかなうのか、疑念がつきまとう。

（共同通信編集委員　久江雅彦）

「我が国の安全に重大な影響を及ぼす」可能性がある場合（存立危機事態）は地球の裏側まで出て行って戦争をする。これは日本が米国の末端部隊として世界中で戦うということである。

米国のポチは真っ平御免こうむる。

頑張れ望月衣塑子

東京新聞社会部記者の望月衣塑子《いそこ》さんを紹介しよう。一九七五年生まれ。慶応義塾大学法学部卒。千葉、横浜支局や本社社会部などで事件を主に担当。半生を書いた著書『新聞記者』は同名映画の原案となった。

ここ数年、政権にまつわる疑惑が生まれては消えてきた。森友・加計学園、公文書改ざん……。国民は不都合から目を背けさせられていないだろうか——。望月さんは、菅義偉官房長官が「あなたに答える必要はない」といら立つほど、官邸の記者会見で質問を重ねる。時に「空気を読まない」と同業者から目の敵にされることも。望月さん、官邸で何が起きているのですか。

『神戸新聞』二〇一九年七月二十八日付記事（A＝望月衣塑子　Q＝山崎史記子）

Q官房長官会見に通っていますが、政治担当ではないのですね。

A「きっかけは、二〇一七年二月に発覚した森友問題です。大阪の国有地売却を巡る疑惑で、安倍晋三首相夫妻の関与が疑われました。当時の編集局長に『財務省本省も絡んでくる』と直訴し、取材チームに加わりました。その後、森友問題に続いて加計問題も浮上します。官邸は政治部がメインですが、前川喜平氏（元文部科学事務次官）ら関係者の取材を重ねる中で、全てにつながる官邸を取材したいと思い、政治部にお願いして会見に参加するようになりました」

Q官房長官会見は基本的に平日二回。官邸ホームページでも公開されています。

A「初めて出席したのは二年前の六月六日。様子見のつもりでしたが、淡々とした質疑に納得がいかず、十分以上続けて質問を重ねました。二度目は三十七分に二十三問。その日は、会見後に官房長官が担当記者相手に行うオフレコ取材がなかったそうです。しつこく聞かれ、ご立腹だったのでしょうか」

「二カ月後の八月末からは、質問数が制限されたり、質問途中に報道室長に妨害されたり……。今は私だけ二問までの制限付きです。それまでは、官房長官会見は記者の手が下がるまで指し続けるというルールでした」

Q会見での質問に、官邸詰めの記者から注文が付いたとか。

A「『長い』と言われ、短く要点を絞って聞くようにしました。オフレコ取材は菅氏の本音を聞ける大切な場なので、望月のせいでその機会を失いたくないという本音があるのだと思います。ただ、情報を得るために、記者が権力側の顔色をうかがうのはおかしい。官邸は政治家と官僚の人事を掌握し、権力を集中させている。さまざまな問題が起きているのに、情報をえさに記者たちが利用されているように感じます」

Q官邸の対応を巡り、全国の新聞社労組が加盟する新聞労連が抗議声明を出しました。

A「新聞労連が官邸記者クラブの記者を対象に、アンケートをしました。私に対して『決め打ちだ』『事実誤認』などの批判もあり、今は専門家にアドバイスをもらって、事前にチェックしてもらうなど注意を払っています。『ICレコーダーを袋に入れ、忠誠を誓ってオフレコ取材する』と回答した記者もおり、情報を取るためとはいえ、そこまでする状況に何とも言えない気持ちになりました」

Q批判は今も続いています。頑張り続けられる力の源は。

A「『望月さんを守ってあげて』『もっと質問して』など、会社に寄せられるたくさんの応援の声です。編集局の幹部が、読者からの要請がある限り私を会見に行かせよう、と背中を押してくれていることも大きい」

Q女性だから一層、風当たりが強かったとは思いませんか。

A「どうでしょう。ただ、当初、一緒に厳しく質問していた男性記者たちは、異動でいなくなってしまいました。稲田朋美元防衛大臣の南スーダン日報隠し疑惑で、しぶとく詰め寄る男性記者たちが、同じテンションで官房長官会見に臨んでくれればいいのに、と思ったことはあります」

Q今月、ニューヨーク・タイムズ紙電子版が、官邸会見の質問制限を批判する記事を掲載しました。

A「官邸はメディアの分断を進めていると感じます。政権に批判的なテレビ番組が終わり、キャスターやコメンテーターが次々変わっています。記者として、官邸や政権の扉をたたき続けなければと思います。やり方は人それぞれ。記者として、当たり前のことを当たり前に続けていきたいです」

頑張れ望月衣塑子。

こんな日本に誰がした

エアコンが故障した。すぐに町の電器屋さんを呼んで見てもらったところ「部品が無いので直らない」と言う。仕方が無いので新しいエアコンに付け替えてもらった。するど、その電器屋さんが「家電製品の保険に入りませんか？」と言う。「何で？」と聞くと「保証書はあるのだが、書いてある項目以外の故障だと保証出来ない」と言う。それはもっともな話だと納得することは私にはできない。

数年前にシャワー式トイレが故障して新品に替えたときのことである。それも町の水道屋さんだったが、保証期間が一年間だったそのトイレのシャワーが止まらなくなったのである。直ぐにその水道屋さんに電話をしたら、トイレメーカーから修理にやってきた。一〇分ほどで修理が終わり、請求書を渡された。なんと一万円の請求である。

「ここに保証書があるけど」

と私が言うと、

「この保証以外の故障です」

「納得いかんな？」

「購入時に三千円の保険に入っておられたら無料です」

「え？　そんな話初めて聞いたで」

「水道屋さんに聞かなかったですか？」

「全然」

「説明書にも書いてあります」

「そんなもん読むかいな」

「では、仕方がないですね」

「……」

私は愕然として、修理費を支払った記憶がある。

昔は全ての故障が五年保証とか、十年保証が当たり前であった。電器屋さん曰く、

「最近の製品は中国製が多く、早く故障しますので保険に入っておいたほうがいいですよ」

私は納得しない。百円ショップの商品ならまだしも、十数万円の商品が数年で故障してそれが保証出来ないのが納得出来ない。

私が間違っているだろうか？　嗚呼メイド・イン・ジャパンが懐かしい。
こんな日本に誰がした。

バンドフェスタ

二〇一九（令和元）年七月十五日（海の日）

ライフピアいちじま大ホールで第二十二回バンドフェスタが開催された。バンドフェスタは、出演者とスタッフが全てアマチュアであり、舞台プランニングや舞台運営全てを相互の連携と企画力によって開催されている。本年度で十八年目だそうだが、その前に四回単独開催があった。実は私も単独開催の第一回〜第三回まで出演している。あのときは土、日の二日間だったが今は一日だけである。

私が出演したのは三十年前だった。三十代の私はボーカルとベースを担当した。八人編成のロックバンドの名前はＦＲＥＥ（フリー）。勤め人のメンバーたちは自由になりたかったのである。

ＦＲＥＥはボーカル（ベース）・リードギター・サイドギター・キーボード・ドラムス・コーラス（三名）の編成だ。曲は殆どが矢沢永吉のコピーで『ＲＵＮ＆ＲＵＮ』『黒く塗りつぶせ』『ＹＯＵ』『ＳＵＭＭＥＲ　ＲＡＩＮ』『ＳＨＡＭＰＯＯ』『だから、抱いてくれ』『ファンキー・モンキー・ベイビー』などである。演奏中はバンド名の通り自由で楽しかった。

ＦＲＥＥの初代リードギターと二人で、久しぶりにバンドフェスタを観に行くことにあいなった。午前中に五組、午後九組、合計十四組、計四十八人が熱い演奏を繰り広げた。昔と大きく変わったところは出演者が若く、それも女性が多いことだ。昔は全員二十歳以上で男性の方が多かった。

例えば柏原高校ギター部・三田学園軽音楽部などである。昔はエレキギターを弾くだけで不良と呼ばれたが、今では立派な部活になった。

彼等の演奏は凄く上手で、更にステージの前に三十人ほどの生徒たちが立ち見して、右手を振り上げて跳び上がって応援するのには驚いた。

三番目に演奏したＳｅｍ（シム）【三田学園軽音楽部】（中学生の五人組）のドラムスの少女はとても上手だった。思わず体が動くほど切れのよいリズムは絶品である。

私は少子高齢化で日本の未来は危ういと思い込んでいたが、今回のバンドフェスタで考えが変わった。

こんなに元気溌剌とした若者たちがいる日本の未来は明るい。

『兼高かおる世界の旅』

日曜日の午前中に、ＴＢＳテレビの『兼高かおる世界の旅』（午前十時半〜十一時）を観るのが当たり前だったのは、もう三十年も前である。

家の四畳半にテレビが備わったのは私が十歳の時で、以後四半世紀もこの番組を観ていた。

番組が始まったのは、まだ日本人の海外渡航が自由化される前の一九五九年十二月十三日で、一九九〇年九月三十日まで三十年十カ月も続いた長寿番組だった。その間、兼高かおるは地球一八〇周分（約七二一万キロ）の距離を旅して、世界一五〇カ国を駆け巡ったのである。

幼いころに世界を知ったのはこの番組のおかげである。貧乏な島国の日本人たちには、エキゾチックな容姿の彼女が女神に見えただろう。

初期の旅客機はプロペラ機のため、例えばアメリカ本土に行くにはハワイ・ホノルル経由か、アラスカ・アンカレッジ経由で途中給油しないと行けなかったが、その後ジェット機になり直行で行ける時代となった。丁度『兼高かおる世界の旅』が始まったころからジェット旅客機が就航しはじめたと思う。

余談だが、私がアメリカ勤務をしていた二〇〇一年ごろは、ボーイング747(ジャンボジェット)に乗った。この四〇〇人乗りの二階建て旅客機は左右二発ずつ、合計四発のジェットエンジンを持ち、重い機体を持ち上げるために多量の燃料を消費しながら飛んだ。日本とデトロイトの間を直通で往復した十数回のフライトは非常に安全で快適だった。しかし、大量輸送時代が終わるとジャンボも用済みとなってしまった。

『NHK映像ファイル　**あの人に会いたい』「兼高かおる」**(二〇一九年七月十三日放送)

(A＝兼高かおる　Q＝アナウンサー)

A「まず、びっくりしたのは、世界は日本を知らない。飛行機を降りる時にもういっぱいのジャーナリストがいて、日本の着物姿で日傘をさして降りていくと〝マダム・バタフライ〟と声がかかる。皆さんがそうやって珍しいと思ってくださる。

取材の対象は人ですから衣食住が基本になる。道で物を売っていたり、店で食べ物を売っていたりしますでしょ。それで、見ていると食べてごらんなさいと言われますでしょ。まず、ただで食べられる。着物の威力は見せるだけじゃなくて実用的だった」

ジョン・F・ケネディ（一九六二年）

Q「ケネディさんなんかに会ってみるとどういう感じでしたか？」

A「チャーミングとてもチャーミング。なんか男の深みがあるというか芯があるというか。そしてそれがニコニコしていてちっとも近寄らせないというタイプじゃなくて親しみがある」

サルバドール・ダリ（一九五九年）

A「ダリさんはものすごく話題があって面白い人ですね。奇想天外なことをおっしゃるから」

Q「このおひげも？」

A「ええ、お砂糖で固めてらして。お砂糖で固めていてどうしてそうしているんですかと言ったら、宇宙とのアンテナであるとおっしゃる。もうね、その答えがいいんですね。そういうふうに何かお話しするとパッと思いもよらない返事が来る」

Q「三十一年間に亘って遠い異国の風景や暮らしを伝え続けました。これまで取材した国の数は一五〇、地球を一八〇周したというカウントになるそうで、別の言い方だと月と地球の間を十往復ぐらいしていることになりますが、すごい移動距離ですよね」

A「別に歩いたわけじゃないから」（笑）

六十二歳で番組を終えた彼女は、その後も精力的に旅をした。NHK番組では『ハイビジョンスペシャル　六大陸バーチャルツアー』（平成十五年）にも収録された。

Q「そろそろじっとしていたい、みたいなことはまだ思わない？」

A「全然思いません」

Q「いまだに旅の魅力を感じるのは、一番はどの部分ですか？」

A「新しい知識を得るということですね。知識を得ると楽しいです。旅に行ったら頼る人がいない、自分がしなきゃなりませんでしょう。そうすると日本にいたらしたことない、やれると思っていないことが、現地に行ってみるとやれる。それから意外に自分にはこれは出来ないという、その不可能なところもね、見つかる。旅というのはそうやって知識を得るだけじゃなくて自分を勉強させる」

「旅は若さの泉。自分発見、旅で得る刺激と知識と、それから欲でしょうね、もっと知りたいという欲。自分の分からない細胞を生かしてくれる」

海外旅行など遠い夢だった時代に日本人の目を世界へ開かせた兼高かおるさん。旅に学び続けた九十年（一九二八－二〇一九）の生涯でした。

彼女は憧れのビーナスだった。

日本史を知る

ノンフィクション作家の保阪正康氏（79）が『神戸新聞』の「識者の視点」に書かれた記事が心に響いたので紹介したい（二〇一九年七月二十九日付、13面）。

史実から教訓学ぶ大切さ

十年ほど前になるが、ある大学で講師を続けていて、驚くことが何度かあった。学生に日本史の知識がまるでないのだ。幕末から明治・大正期の近現代史になると全く分からないという者もいた。聞くと、「高校時代に日本史を選択しなかったから」と言うのである。

日本史を選択しなくていいというカリキュラムに、私はがくぜんとした思い出がある。

▽新たな必須科目

これで将来の日本は大丈夫か、ということにもなったのだろう。昨年二月、文部科学省は高校のカリキュラムを大幅に再編すると発表した。こと日本史に関する改定では、現行の選択科目で近現代を学ぶ日本史Aと、やはり近現代を中心とした世界史Aとをまとめて、新たに「歴史総合」という科目を誕生させるというのである。そして、これは必須科目とするそうである。

教科書会社の話によると、目下執筆を担当する大学教授たちが会合を重ねながら、いかに近現代史を教えるかの教科書を書き進めているそうだ。文科省は、この科目について従来より記述量を増やし、近現代史教育の徹底を図る方針なのだそうである。しかも生徒の主体的な姿勢を育てる方向で、自分で調べる、自分で考える、あるいは討論するなど、授業内容も大きく変わっていくというのである。

私自身の感想になるが、やっと日本史（特に近現代史）も生徒の知識欲を刺激するようになるかと考えれば、それ自体は喜ばしいと歓迎したい。

今年に入って、高校で歴史を担当している先生たちの勉強会で何度か話をしたことがある。先生たちも意欲的にどのように教えていくかを検討していたが、勉強会の話の結論は、歴史の政治的解釈や恣意的な判断は避けて、生徒の判断を尊重するとの当たり前の方向に落ち着いている。史実の内容を具体的に教えていくということでもある。

ともすれば、史実の検証や確認などそっちのけで解釈を先行する教師が、かつては存在した。しかし、そのような教え方は、生徒に失礼だとの了解が出来上がっているようでもある。

こうした歴史総合という科目の登場以前は、日本史は古代から年譜通りに教えていき、明治維新に入る頃の三学期も終わりに近づくと、教師が「後は、君らが自分で(教科書を)読んでおきなさい」と言って授業は終わった。

教師は明治維新後を教えると政治教育になるのでは、と恐れていたのである。ここには「(旧)文部省と日教組」という対立の図式があり、それが教育現場に影を落としていたように思われる。そのような時代は終わったと言っていいのだろう。

▽史観の押し付け

歴史の語り方、あるいは教え方ということになるのだろうが、かつての演繹《えんえき》的な教え方には無理がある。昭和の前期(昭和20年8月15日まで)は皇国史観一本やり、そして昭和の後期からは唯物史観(むろん全ての教員というわけではないが)が力を持ったわけだが、これらの史観は、史実を丁寧に教えるよりも解釈を押し付ける歴史教育で、逆に歴史嫌いの生徒を生み出す原因にもなっていた。このような教え方に対して、実証主義的な考え方が重要ではないかと私は思う。

史実をより具体的に語るのが眼目になる半面、その因果関係を解きほぐしていく、それが重要だ。そのことによって歴史が人間の営みそのものであり、そこに多くの教訓や知恵が詰まっているというのが理解すべき事柄である。

生徒が、自分の父母や祖父母、あるいは先達がどのように生きたかを考えていくことで、歴史に生きる姿が実感できてくるであろう。言うまでもないが、それは歴史を全面的に肯定するのではなく、教訓を学び取るということである。そして教訓を次代につなぐ役割を持っているという意味でもある。

新たに生まれる歴史総合は、高校生の歴史教育の変化というだけではない。社会全体で歴史をどう見るか、一人一人がどのように自らの人生を語るかを考える機会にしていくべきときである。私は改めて、「記憶を父とし、記録を母として、教訓という子どもを産む」との持論を訴えたいのである。歴史を教訓化している国民でありたいと思う。（了）

歴史に学び
歴史に生き
れきしをつくる

軽減税率だって？

二〇一九（令和元）年八月一日、国税庁は十月一日の消費税増税（8％↓10％）時に始まる軽減税率制度で、対象の線引きに迷う場合の指針を追加した事例集を公表した。

■消費税の軽減税率とは？

生活必需品の消費税率を一般の商品より低くして家計の負担を和らげる制度で、欧州などに例がある。日本は十月の10％への税率引き上げと同時に初めて採用し、外食・酒類を除く飲食料品と定期購読の新聞の税率を8％に据え置く。ただハンバーガー、牛丼などの外食店でも持ち帰りは軽減税率の8％。コンビニ弁当などをその場で食べられる「イートインコーナー」や飲食用のベンチは外食の10％とされ、境目は複雑だ。

品目や場所など	軽減税率8％	標準税率10％
食材	みりん風調味料	本みりん
水	ミネラルウォーター	水道水
コンビニ弁当	持ち帰り	イートインコーナー
牛丼、ピザ	テイクアウト、宅配	店内で食事
回転寿司	土産パック	食べ残しの持ち帰り
料理の提供	学校給食	ケータリング
果樹園	果物の販売	果物狩りの入園料
おもちゃ付きの菓子、雑貨と食品の福袋	税抜き一万円以下で食品が三分の二以上	一万円超や食品が三分の二未満
屋台のおでん、移動販売車の弁当	店と無関係の公園ベンチで食べる	店とベンチ設置者が客の利用に合意
映画館、野球場、遊園地の売店	座席で食べる、歩きながら食べる	店管理のテーブル

売店の例は、東京ディズニーリゾートやユニバーサル・スタジオ・ジャパン（US

J）などが当てはまる。歩いて食べるエリアは一つの施設内ではあるものの、コンビニでの持ち帰りと同じ扱いとした。テーブルやいすでの飲食（10％）を選べる売店は、食べ方を客に尋ねなければならない。

似た例としては、野球場の売店で買って観客席で食べると8％、店側のテーブルであれば10％となる違いがある。

店の管理が及ばないベンチなどでの飲食は8％になる。ただ管理について設置者との契約書がなくても飲食に使う暗黙の合意や、配膳・掃除といった実質的な管理をしていれば10％の対象になるといい、区別は微妙だ。

セット商品の判定も詳しくした。ハンバーガー店で客がセットのジュースを店内で飲み、残りの食べ物は持ち帰ると主張しても、全体が外食とみなされて10％になる。「ハンバーガーとおもちゃ」のセット商品を持ち帰りで買う場合、店側がおもちゃを無料として扱い、おもちゃ抜きでも値段が変わらなければ8％。ただ、おもちゃが有料で内訳価格が明示されている場合はおもちゃの分には軽減税率が適用されず10％となる。

また、「おもちゃ付きの菓子」など雑貨とのセット商品は食品の価格が三分の二以上を占めるといった条件を満たせば全体が8％だ。今回、販売促進グッズ付きのペットボトル飲料なども条件が合えば８％になると示した。
外食・流通業界はこうした線引きへの対応に加え、価格表示も課題になる。モスフードサービスなどが税抜き価格をメニューに示し、食べる場所に応じて精算時に税込み価格を変える一方、ドトールコーヒーは店内、持ち帰りの税込み価格を分けて表示するとし、方針は分かれる。

酒好きの私などは、酒類を全て軽減税率の８％にしてもらいたいと思う。その理由は二つある。

①酒は健康を害すると言う人もいるが、百薬の長でもある。
②酒は嗜好品、つまり贅沢品なので税をとるという考え方は無粋である。

とかく　浮世は　色と酒
酒なくて　なんの己が　桜かな

日本のせいにするにもほどがある

■日韓対立の経緯

二〇一八年　十月　三十日　韓国最高裁が元徴用工訴訟で新日鐵住金（現日本製鉄）に賠償を命じる確定判決

二〇一九年　一月　九日　日本が日韓請求権協定に基づく政府間協議を韓国に要請。韓国は回答せず

五月　一日　日本製鉄訴訟などの原告が差し押さえた資産売却命令を裁判所に申請

二十日　日本が請求権協定に基づき、第三国の委員を含む仲裁委員会の開催を韓国に要請

六月　十九日　韓国が日韓両国企業の出資を柱とした解決案を提示。日本は拒否

七月　一日　日本政府がフッ化水素など半導体材料三品目の対韓

四日　輸出規制強化を発表
八日　日本政府が輸出規制強化を発動
九日　韓国の文在寅大統領が日本側に輸出規制強化の撤回と誠意ある協議を要求
十八日　世界貿易機関（ＷＴＯ）物品貿易理事会で韓国代表が規制強化の撤回を要求
二十八日　日本が求める仲裁委員会開催への回答期限に韓国が拒否
二十九日　韓国の格安航空会社（ＬＣＣ）ティーウェイ航空は五月末の佐賀―大邱《テグ》運休をはじめに、佐賀、熊本、大分との間の計五路線を九月中旬までに順次運休すると決定
日本の外務省は、一九六五年の日韓請求権協定に関する交渉記録を公表。請求権問題は協定により解決済みと説明。大韓航空は札幌―釜山路線を九月三日から停止と発表

八月　二日　日本政府は、安全保障上の輸出管理で優遇措置を取っている「ホワイト国」から韓国の除外を閣議決定

八月二十二日　日本の輸出管理体制見直しへの対抗策として、韓国が検討していた「軍事情報包括保護協定（ＧＳＯＭＩＡ〈ジーソミア〉）」の延長をせず破棄することを決定

八月二十八日　日本「ホワイト国」から韓国の除外の政令施行

日韓併合は一九一〇（明治四十三）年八月二十九日から一九四五（昭和二十）年九月九日まで三十五年間続いた。

二〇二〇年で韓国は独立後七十五年経ち、二世から三世の時代になった。過去に受けた傷がどんなに深かろうと、その傷をみずから癒やして自己を育てるための時間は、もう充分あったはずである。

それにもかかわらず、何かうまくいかないことがあると、急にそれは日本のせいだ、と言い出す。韓国はもう赤ん坊ではなく、自立した立派な大人なのに何という甘いこ

とをいうのか。
日本のせいにするにもほどがある。

イソヒヨドリが鳴いている

声量があり、とても綺麗な音色の囀りを聞き始めてから、もう十年になる。以後、たまに耳にするこの囀りが好きになった。そうなるとどんな鳥なのか見たくなるのが人情である。家の外に出て探してみたがなかなか見つからない。

ある朝、偶然にも門の前栽の木にとまって鳴いているのを見つけた。ハトよりひと回り小ぶりで、頭部が青っぽく胸から下にかけて海老色でとても綺麗な鳥だった。名前が知りたくなったが、その手立てがないまま月日が過ぎていった。

二〇一八年四月一日に『神戸新聞』で、「ひょうごの野鳥」というコーナーが始まった。縦横九センチ程度の小さなスペースに毎日一羽、鳥の写真とその解説が載っている。

このコーナーを読み続けると、いつかあの鳥に出会えると思い、スクラップをすることにした。さて、いつになったら掲載されるのか楽しみに待つ日々が続いた。

それから一年近く経った二〇一九年三月二十九日、ついに「愛しの鳥」が掲載された。

分類　鳥綱スズメ目ヒタキ科イソヒヨドリ属
和名　イソヒヨドリ（磯鵯）
英名　Blue Rock Thrush
大きさ　全長二十三センチ　翼開長三十八センチ
鳴き声　囀り「ホイピーチョイチュウ」　地鳴き「ピーピー」
食性　主に昆虫食。その他果実や小動物なども捕食する。
生息地　全国（北海道のみ夏鳥）

今朝もイソヒヨドリが鳴いている。

「オール電化」はやめましょう

二〇一九（令和元）年九月九日に関東を直撃した台風15号は、記録的な暴風で送電線や鉄塔、市街地の電柱や電線をなぎ倒していった。

千葉県内では鉄塔二基が倒れるなど大きな被害を受け、九日朝には最大となる約六十四万戸が停電。東電パワーグリッド（東京電力の一〇〇％子会社で、送配電を担当する）は翌十日、十一日朝までに約十二万戸まで減らし、十一日中に完全復旧を目指すと公表した。

ところが、十一日夜までに約三十八万戸にしか減らず、県内全域の復旧を「十三日以降」と修正。十三日になると、想定外の倒木と設備被害を理由に「さらに二週間程度かかる」と先延ばしにした。長期化は行政としても想定外。県北部の多古町の総務課長は「まさかこんなに続くとは思っていなかった」と明かす。町役場が災害用に備蓄していた水や食料は三日分ほどしかなく、不足分は他の公共施設などから提供してもらい、町民に配布している。

最大約九十三万戸で停電が発生し、千葉県などでは台風通過後に猛烈な暑さに見舞われた。熱中症が疑われる死者が相次ぎ、ガソリンスタンドには車中泊しようとする人々の車で長い列ができた。

東電パワーグリッドはいったん十一日中の全面復旧を目指す計画を公表した。しかし台風被害の大きさから作業は難航し、復旧見込みの変更を繰り返した。楽観的な見通しが、自治体の対応などに混乱を招いたのは否めない。現在の計画では停電復旧には九月二十七日までかかるそうである。

二週間以上も電気が無い生活をするのは大変なことだ。食料と飲み水は市役所から届くにしても、冷蔵庫や洗濯機が使えないし風呂にも入れない。

電力会社は「オール電化」を勧めているが、こうなるとそれは大変疑問である。電気のみに頼るのは危険なのだ。

わが家ではプロパンガスのコンロで煮炊きをし、風呂は灯油ボイラーである。その灯油ボイラーはマキも焚ける兼用型である。更に、水道が止まっても（普段使っていないが）井戸もある。

一戸建ての皆さん、「オール電化」はやめましょう。

現成受用

正眼寺《しょうげんじ》住職正眼僧堂師家《しょうげんそうどうしけ》の山川宗玄《やまかわそうげん》氏のお話です。

本堂前の岩の上に三センチぐらいに成長した松を私が見つけ、雲水全員をそこへ呼んで言った。

「掃除のときに、この松を絶対に取ってはならぬ、水も肥料もやってはいけない、触ってもいけない。見ることはいいので守ってくれ」

現在、七十から八十センチになっています。

本堂の左の方に松が二本あるが、そのどちらかの松かさが風に飛ばされて、その岩の上に落ちた。日照りの中で松かさが膨らんで種が落ち、種が岩のくぼみに挟まったのだと思う。その種が動かなくなって埃がたまり、雨が降っては流れたりしているうちに少し土がたまって芽を出したと思う。そこへまた埃がたまって大きくなった。

調べたところ、根の先に科学物質を出すようで、それは珪素を分解する。珪素を分解するということは岩に穴を開ける。微妙に少しずつ穴を開ける。その分だけ埃が入り込んでくれば土になる。その繰り返しで大きくなった。

いつかは岩の下まで根が張って行って、地面に到達した途端に成長が目覚ましくなると思う。つまりこれがこの松の現成受用《げんじょうじゅよう》です。おかれた状態で最善を待ち最善を尽くしているということ。最善を待つことが現成。最善を尽くすのが受用。

最善ですよ。それは最悪じゃなくて、たまたまボヤッとしてやっているわけじゃない。最善を尽くす以外に方法がないんです。

岩の後ろには土から生えた若い松がある。その松は岩の上に生えた松より少し背が高いのですが、その松に私が言ってある。

「お前さん分かっているね。もし岩の上の松に枝が被さるようなことがあれば切りますよ」

そう言ってあるから、その松はわざわざ岩の松を避けて枝を伸ばしている。不思議ですけどそういうふうに見えますね。それが現成受用で生物が生きているってことが分かりますね。

修行の世界とよく似ていますね。己事究明というのはそういうことですよね。本来持っているその人の能力を引き出すための修行なんですよ。教え導いてしまったら甘えてしまって、本来の能力が引き出せなくなるんですよ。全てのものにはそういう力があります。

苦しくなっても、そういう力があるんだということが分かっていれば、それはもういい悪いではなしに、精一杯自分の力をはっきりすればいいわけです。

（二〇一九年九月二十一日ＮＨＫ『こころの時代　禅の知恵に学ぶ⑹』「生かされて生きる」より）

どんな人生にも無駄はない、どんな境遇でもそれを受け入れて、その中で最善を尽くしていれば、充実した人生になる。

人生は面白い。

ライダーズハイ

令和元年の秋は珍しく黄砂が飛んで来た。バイクから見える景色がぼんやりとかすんでいる。

気象庁によると、九州の日本海沿岸と中国地方全般、兵庫県と京都府の日本海沿岸に黄砂が飛来しているらしい。その濃度は春季ほどでもなく百数十μg／㎥ぐらいである。

日銀は十月三十一日、金融政策決定会合後に公表した決定文に利下げの可能性を明記した。景気をてこ入れする追加緩和に踏み切る際は、民間銀行から預かる資金に手数料を課す「マイナス金利」の拡大も選択肢とすることを示した。黒田東彦《はるひこ》総裁は記者会見で「金融緩和方向を意識した政策運営を明確にした」と述べた。

マイナス金利を年0・1％とし、長期金利は0％程度に誘導する現行の大規模な緩和策は維持した。黒田氏は消費増税の景気への影響について「（二〇一四年四月の）前回の増税時に比べると小さい」との見方を示した。一方、米中貿易摩擦を念頭に海外経済に不安があると説明した。

「マイナス金利」にすれば日本のＧＤＰが上がるとでも思っているのだろうか。極めて無知無謀な政策である。

ＧＤＰを上げる方法は「構造改革」しかない。日本人は知恵を出し、汗をかかなければ豊かになれないことを忘れてしまったのだろうか。

などと考えながらハンドルを握っていると、与謝峠にさしかかった。この峠は急で長いので、上りが二車線になっている。遅い車は左車線、速い車は右車線を通る。ソロツーリングなので速く走ることは可能なのだが、速度規制は50キロである。京都府警はここでも速度違反の取り締まりをするのでたまらない。齢六十六で捕まるのはみっともないので、左車線を50キロで走ることにした。トップで50キロの場合、エンジン回転数は二〇〇〇回転となる。

この前、プラナスのショートマフラーに変えたので二〇〇〇回転の愛車の排気音は実に心地良い。

長い峠道をゆっくりと流していると、「マイナス金利」のこともすっかり忘れ、私の身体はエキゾーストノートと一つになる。

ライダーズハイになった。

セコムやめますか

「セコムしてますか?」とTVコマーシャルが言うが、新聞記事を見てぞっとした。

警備会社大手「セコム」(東京)と自宅警備の契約を結んだ男性宅から腕時計などを盗んだとして、兵庫県警捜査三課と尼崎北署は令和元年十一月一日、窃盗と住居侵入の疑いで、同社社員の坂上直希容疑者(24)=大阪市中央区南船場一=を逮捕した。逮捕容疑は六月三十日~十月十三日の間に、尼崎市内の医師の男性(64)宅に侵入し、腕時計やネックレスなど貴金属四点(計一二五万円相当)を盗んだ疑い。容疑を認め、「腕時計は金に換えた」と話している。大阪市内の貴金属買い取り店で転売していたという。

同課によると、九月二十八日朝、この男性宅でセコムが設置した警報器が作動し、勤務していた坂上容疑者が一人で駆け付けた。男性が留守だったため、セコム側が預かっている合鍵で室内に入り異常がないかを確認し、「警報器の誤動作」と報告していた。この時に貴金属を盗んだとみられる。

同容疑者が業務で駆け付けた別の顧客宅でも高級腕時計がなくなる被害が出ており、同課などは関連を捜査する。セコムコーポレート広報部は「捜査に全面的に協力する」としている。

昨夜夢を見た。深夜に強盗に押し入られ、私が抵抗しようとすると妻が危ないからやめろと言う。妻は賢明である。最近の強盗は凶器を持っているかもしれないので、抵抗すると危険だ。

夢から覚めて、強盗の対処方法を自分なりに考えてみた。アメリカでは銃が持てるのでそれなりの抵抗は可能である。こんな時に銃は有効だと思う。しかし、日本では銃は持てない。

結論は、金も高級貴金属もないので、夫婦揃って逃げることにした。

勿論「セコム」は駄目である。

ホモサピエンスの夢

海の上には道がない。三万年前に地図もコンパスも使わずに日本に渡ってきたホモサピエンスの行動を再現する番組を観た（二〇一九年十一月四日　BS1スペシャル『日本人はどこから来たのか？』）。

大陸から日本に渡るルートは①沖縄②対馬③北海道の三つが考えられる。このプロジェクトは、一〇〇キロ以上もある海路の最難関の沖縄ルートを六年がかりで再現し、成功したのである。

三万年前の航海再現プロジェクトリーダーは国立科学博物館の人類進化学者、海部陽介氏（主催・国立科学博物館、共催・国立台湾史前文化博物館）。

渡航の舟の材料には草・竹・木の三つが考えられた。二〇一六年にはヒメガマの草舟、二〇一七年には台湾の竹で竹筏舟を作って実験をするも、いずれも黒潮を横断するだけの速度が出ずに失敗した。

結局最後に残ったのが丸木舟だった。杉の大木で作るのだが、それを切る道具は、刃部磨製石斧《じんぶませいせきふ》である。この石の斧を六日間三万六千回振ると根元の直径約一メートルの杉の大木が切れた。さらに斧と石で中をくり抜いて大人五人が乗れる舟を作った。この舟は強い横波を受けるとひっくり返り、前後の波では海水が入る。

二〇一九年五月の実験で横波対策として丸木舟の側面に竹の棒を付け、舟の前後を覆って波を防いだり、より軽くバランス良くするために何度も表面を削ったりするなど改良に改良を重ねようやく本番を迎えることが出来た。この舟をスギメと名付けた。

縄文大工の雨宮国広氏は、

「ちょっと削って乗り、ちょっと削って乗り、最終的にもうこれ以上は削れないというところまでいった形があのスギメなんです」

と言う。

スギメは幅が細く水の抵抗が小さいので、時速三キロを超えるこれまでで最速の舟に仕上がった。三万年前のホモサピエンスの創造性、クリエーションには頭が下がる。

さて、渡航実験のルールを次の通り決めた。

一、地図、コンパス、時計など現代機器は持たない

二、伴走船から指示や情報提供はしない

三、男女の集団で行く
四、こぎ手の途中交代はしない

台湾と与那国島の位置関係について説明すると、台湾の真東に直線で約一〇〇キロ余りのところに与那国島がある。

しかし、その海には世界最大級の海流である黒潮が南から北へ幅一〇〇キロ、秒速一メートルの速さで流れていた。

手こぎの舟は黒潮に流されるので、その分南の位置から出発する。

角が三十度・六十度・九十度の三角定規の辺の比は、1対2対$\sqrt{3}$なので、1を一〇〇キロとして、$\sqrt{3}$（一七三キロ）南の位置から出発したら、与那国島までの渡航距離が2倍の二〇〇キロになる。故に、台湾の$\sqrt{3}$の位置台東《タイトン》が出発地点となった。

こぎ手は次の五名である。

リーダー　原康司　（シーカヤックガイド）
メンバー　鈴木克章（シーカヤックガイド）
　　　　　宗元開　（シーカヤックの国際レースで優勝多数）

村松稔　（与那国島在住、伝統レース優勝経験者）
田中道子（アウトドアメーカー社員）

台湾の台東に着いたのは二〇一九年六月二十四日。この時期台湾は悪天候が続き二週間の実験期間中に出航出来ない危険性があった。

七月七日、台湾に入って十四日目のことだった。こぎ手監督の内田正洋（海洋ジャーナリスト）が言う。

「朝四時前から起きていた。初めて音がしない日で、今日だなと思った。出るタイミングっていうのは自然の動きと自分の動きというか、自分の中にあるものとが合致したときに絶対に行けるんですよ。天気予報とかそういうデータでは推し測れない、いわゆる五感とプラス六感です」

かくして、選りすぐりのこぎ手五人を乗せたスギメは十四時三十八分に台東を出航したのである。めざすは与那国島、距離二〇〇キロ、航海予定三十時間である。

沖に出たとたん海が荒れ始めた。容赦なく海水が舟の中に浸水した。こぎ手の一人は舟に入った海水をくみ出す仕事に追われる。

出航から二時間後、海水温がぬるくなり暖かくなってきた。これは黒潮のサイン、幅一〇〇キロ、秒速一メートルの速さの黒潮に突入したのである。

最後尾の舵取り役の田中道子が黒潮のためペースが遅くなり、北に流され始めたことに気づき舵を北東から東にとり、北向きの流れに必死に抵抗する。

出航から五時間、スギメは最初の夜を迎えた。昼の進路の手がかりは太陽で、夜の手がかりはベガ（おりひめ星）のはずだったが、雲のためぼんやり光る月のみ。たぶんすごく蛇行していたが、辛抱するしかない。

十三時間経過、午前三時四十分、やっと星が現れた。おりひめをたよりに進む。舟の進路は北東、無事与那国島に近づいていた。

こぎ出してから十六時間経った。練習では十五時間が最長だった。これからはこぎ手の未体験ゾーンに入る。こぎ手の一人は寝ていた（交代で仮眠をとり始めたのである）。舵取り役の田中道子はりんごをかじっていた。

どうやら黒潮を出たようだが、そのせいかスギメは真東へ向かっていた。伴走船から指示や情報提供しないことになっているので伴走船の海部は見守るしかない。プロジェクトリーダーの海部は船首にずっと立ち続けた。スギメのこぎ手たちは海部の姿を見ていた。言葉を交わさなくても信頼関係は結べるのだ。

今度は、北や西へ向かいスギメがぐるぐる回り始めた。原因は真上になった太陽のせいである。昼間の進路の手がかりは太陽しかないのである。

こぎ手のリーダー原康司は島がありそうな雲を目当てに舟を動かしたので迷走に見えた。太陽が傾いて方角が分かったが、舟のペースが昨日の半分に落ちた。

原は一瞬思った。

「三万年前の人も相当怖かっただろうな。すごく怖い思いをして海に出たんだろうな」

こぎ手の一人が熱中症になりかけ、突然海に飛び込んだ。こぎ手は二十四時間こぎっぱなしなので、ある種のトランス状態に入っていき、自我がなくなっていく。

二日目の夜。二十九時間が経過していた。午後八時にスギメから伴走船に「この際少し休息に入る」と無線連絡があった。

原は舟を漂流させながら寝る判断をしたようである。スギメにはグリーンの点滅ランプが付けてあるので、闇夜でも伴走船からはスギメの位置が確認出来る。

原が回想する。

「疲労困憊でこぐ気力もなかったんで。そうこうするうちにあそこに町が見えるという話が始まって、目がいいのが勝つという話になった。町灯りが見えた気になってこぎ出したら消えた」

休息から四時間後、海部がスギメに無線連絡を入れたが原たちはまだ寝ていた。結局、スギメのメンバーは全員七時間も寝てしまった。

その間、スギメは与那国島に向かって流されていた。

「計画的漂流です。いずれ島が見えてくるだろう、こぐ必要がないんです。後は勝手に潮が運ぶ」

そして、朝六時に目の前に与那国島が現れた。こぎ手たちは必死に島に向かってこいだ。

プロジェクト開始から六年。七月九日十一時四十八分与那国島に到着、四十五時間の大航海だった。

航海を終えた数週間、メンバーたちは幸福感に満ちあふれていた。このために海を渡ったのだろう。

「これを再現するのが僕らの目的だった。希望があるから行くんだよな。希望を実現するには勇気が必要。希望と勇気がセットであれば行くんだよ」

沖縄で出土した日本国内で最も古い二万七〇〇〇年前の人骨から復元した白保人の顔を見たことがあるだろう。そんな顔をした人々が海を渡って日本に来たのである。

彼等はどんな気持ちで来たのだろうか。たぶん、日本に希望を抱いてやってきたに違いない。

私は十六歳のときに、一人バイクで日本一周をしたが、そのときの気持ちは日本がどんな国か知りたかったからである。

海の上には道がない。三万年前に地図もコンパスも使わずに日本に渡航してきた白保人の勇気に心から敬意を表する。

市民を馬鹿にするにもほどがある

師走の忙しい時期に市から封筒が届いた。中身は「第八期介護保険事業計画策定のためのアンケート調査」である。

よくあるランダムに選んだ市民に依頼するアンケート調査だ。私はこの手のアンケートに回答しないことにしているのでゴミ箱に捨てた。

三週間後、市から葉書が届いた。内容は次の通りである。

各位

○○市高齢者保健福祉計画・第八期介護保険事業計画策定のためのアンケート調査　ご協力のお礼

師走の候、皆様におかれましては、ますますご健勝のこととお喜び申し上げます。

さて、先日協力いただきました「○○市高齢者保健福祉計画・第八期介護保険事業計画策定のためのアンケート調査」について、ご多用のところ早々にご回答いただき、厚くお礼申し上げます。
〈お願い〉
調査票を未だお持ちの方は、大変恐縮ですがアンケート調査の趣旨をご理解いただき、**令和元年12月27日㊎**までにご記入のうえ、ご返送いただきますようお願い申し上げます。なお、回答が難しい場合は、調査票表紙裏面1ページの「②回答できない方へ」に理由をご記入いただき、調査票をご返送ください。

令和元年12月
○○市福祉部　介護保険課

私は直ぐに市に電話をして、「調査票を捨てた」と言うと、市の職員は「もういいので、その葉書を廃棄して下さい」と言った。

この対応に、私は無性に腹が立った。問題点は次の通りである。

①「アンケートに回答した人は調査趣旨に賛同したとみなす」と記載しておきな

がら、督促葉書を送付する無駄（未回答者だけに葉書を送ったと思われる？）。

②個人情報（アンケート回答内容）を、コンプライアンスの分かっていない○○市が管理する恐怖（アンケート用紙にも葉書にもシリアル番号が記載されている）。

市民に向かって「もういい」とはよく言ったものである。市民を馬鹿にするにもほどがある。

コーンフレークやないか

令和元年十二月二十二日の夜、久しぶりに腹を抱えて笑った。こんな大笑いをしたのは「やすきよ」以来である。

オカンが好きな朝ごはんの名前を忘れてしまい、コーンフレークかコーンフレークじゃないかというネタで、単純な繰り返しだが実に面白い。

駒場「うちのオカンがね、好きな朝ごはんがあるらしいんやけど、その名前を忘れたらしいんや」
内海「一緒に考えるから、どんな特徴を言うてたか教えてよ」
駒場「甘くてカリカリしててな、牛乳とかかけて食べるやつ」
内海「コーンフレークやないか」
駒場「死ぬ前の最後のごはんもそれでいいって言うんや」
内海「ほなコーンフレークと違うな。コーンフレークはね、まだ寿命に余裕があるから食べられるんよ」
駒場「子供のころ何故かみんなあこがれたらしい」
内海「コーンフレークやないか」

テレビ朝日の年末恒例の漫才コンクール『M－1グランプリ』は、近年笑えないネタが多く、加えて放送中に出場者の真剣な練習風景が流れるのでよけい寒いのだ。彼等は生活がかかっているが、漫才だけにあまり真剣で生々しい場面が映し出されると、それが頭にチラついて笑えない。

そんな理由で長いこと心の底から笑ったことがなかったが、今年のファーストラウンドの十組の中で、「ミルクボーイ」（駒場孝＝33、内海崇＝34）のコーンフレークのネタは笑ってしまった。

そのネタの得点は681点（オール巨人97点、ナイツ・塙99点、立川志らく97点、サンドウィッチマン・富澤たけし97点、中川家・礼二96点、ダウンタウン・松本人志97点、上沼恵美子98点）と過去最高点をたたき出したのである。

「ミルクボーイ」のファイナルラウンドのネタはコーンフレークから最中に代わっただけで、全く同じパターンだった。

最中よりコーンフレークの方が面白いと思ったが、それでもファイナルラウンドに出場した三組の中では一番面白く、結局「ミルクボーイ」が優勝し、エントリー過去最多の五〇四〇組の頂点に立って、第一五代王者に輝き賞金一千万円を獲得したのだ。

漫才界の前途は明るい。

屋久杉

屋久島は屋久杉が美しい自然景観を生み出していることや、亜熱帯植物から亜寒帯植物が海岸線から山頂へと連続的に分布する植生の分布が見られることなどが評価されて、一九九三年に世界遺産に登録された。

屋久島では樹齢千年を超える杉を屋久杉と呼んでいる。千年前といえば平安時代(寛仁四年)である。

屋久杉といえば縄文杉が有名だが、その幹回りは16・4メートルで、島一番の巨木である。樹齢はなんと三千年以上と言われる。三千年前は文字通り縄文時代である。

屋久杉は本州の杉と同じ種類である。本州の杉の幹回りは太いもので3メートル、樹齢は長いもので五百年なのに、屋久杉の樹齢が千年以上なのは何故だろう。

それは地質に起因している。屋久島は花崗岩が隆起して出来た巨大な岩の島である。土壌がきわめて薄く栄養分も僅かしかない。その為に杉は時間をかけてゆっくりと成長する。本州の杉が一年に一センチほどずつ太くなるのに対し、屋久島では一年に一ミリに満たない。そのため硬く腐りにくいので長寿の木となるのである。

屋久島の杉は歴史的な建物にも使われた。沖縄の首里城や京都の寺などである。屋久島に今も残っている巨大杉は、昔の人が切り出せなかったか、そもそもそこへ到達出来なかったかのどちらかである。

そこで、屋久島に残っている巨大杉を探し出すチームを作って調査をすることになった。その様子は二〇二〇年二月三日(月)、NHKBSプレミアムの『ワイルドライフ』「世界遺産　屋久島　伝説の巨大杉を探せ！」で放送された。

調査前の屋久島の巨大杉の幹回りは、太い順に次の通りである。

一位	縄文杉	16・4m
二位	大王杉	11・1m
三位	夫婦杉	10・9m
四位	大和杉	10・2m
五位	ひげ長老	9・5m

調査は二〇一六年から足掛け四年間行った。調査メンバーは全国各地から集められ、

航空測量や植物の生態学など各分野の専門家と、屋久島の山岳ガイド達である。
主なメンバーは次の通り。

新潟大学佐渡自然共生科学センター　崎尾均博士
琉球大学農学部　高嶋敦史博士
神戸大学農学部　石井弘明博士
山岳ガイド　小原比呂志（調査隊リーダー）、飛高章仁、神崎真貴雄
ＮＨＫ撮影チーム

屋久杉の中で最も太い縄文杉は、実は発見からまだ五十年余りしかたっていない。見つけたのは町役場の職員。島の木こり達から話を聞き、七年がかりで見つけたのである。執念がもたらした大発見だった。その後、縄文杉を筆頭に島では数々の巨大杉が発見された。

巨大杉が分布するのは標高千メートル付近の深い森。山は険しく人が容易に立ち入ることが出来ない。島にはこうした場所で縄文杉を更に上まわるような巨木を見たという人もいた。こうした目撃話はいくつかあるが、太さや場所などは正確な記録が残

されておらず確かめることが出来ない正に島の伝説だった。

調査メンバーは東京に集結して、どんな場所に巨大杉があるかについてのミーティングをした。そして、巨木がありそうなのは風を避けて土砂崩れのない三方を尾根に囲まれた緩やかなくぼ地と結論づけた。

二〇一七年二月、調査メンバーは最先端の航空測量技術を応用した詳細な地図作りから始めることにした。

機体にレーザーを発する特殊な装置を取り付けて、上空からレーザー光線を毎秒五十万回も発射、木々に隠れて直接見えない地面の形を数十センチ単位の精度で細かく描き出す。この方法で島の隅々まで詳しく調べあげた。

解析の結果、地面の起伏がはっきりと浮かび上がる地図が出来上がった。そして、この地図を使って四十カ所ほどの調査地点を絞り込んだのである。

二〇一九年、現地調査は終わった。調査隊は幹回り九メートル以上の巨大杉を二十五本も見つけたのである。

調査隊が実際に行き着くことが出来たのは、目星をつけていた調査地点のほんの二、三割である。安全のため断念しなければならなかった場所も少なくない。それだけ、この島の探索は過酷を極めた。これからも巨大杉は人知れず森の命を支え続けるだろう。
上位五本は縄文杉を除き、今回の調査で新たに見つかった巨木が占めた。

一位　ジトンジ杉　16・73m
二位　縄文杉　16・4m
三位　伽藍杉　13・82m
四位　虚杉　12・51m
五位　天空杉　12・43m

ユーザーを馬鹿にするにもほどがある

二〇二〇（令和二）年三月十六日午前、経済産業省が関西電力に業務改善命令を出した。

その内容は関西電力の役員らが、高浜原発のある福井県高浜町の元助役から多額の金品を受領していた問題で、再発防止を求める命令である。

電力業界を所管する経産省はこの問題が発覚した直後の昨年九月、関電に問題の原因などを調べて報告するよう求めていた。第三者委員会の報告を受け、関電は三月十四日、経産省に調査結果を報告。社員にコンプライアンス（法令や社会規範の順守）意識が欠けていたことなどを原因に挙げた。

二〇一九年十月二日、関西電力発表の元助役森山栄治氏から関西電力幹部への金品受領内訳は次の通り（肩書は二〇一八年九月の調査時点）。

氏名（肩書）	現金（円）	商品券（円）	その他の主な金品	金額合計（円）
八木誠（会長）	―	30万	金貨63枚 金杯7セット	859万
岩根茂樹（社長）	―	―	金貨10枚	150万
豊松秀己（原子力事業本部長）	4100万	2300万	7万米ドル 金貨189枚、小判	1億1057万
森中郁雄（原子力事業本部長代理）	2060万	700万	4万米ドル スーツ券16着分	4060万
鈴木聡（原子力事業本部副本部長）	7831万	1950万	3・5万米ドル 金貨83枚、小判	1億2367万
大塚茂樹（同右）	200万	210万	1万米ドル スーツ券4着分	720万
白井良平（関電エネルギーソリューション社長）	200万	150万	金貨16枚 スーツ券4着分	790万
勝山佳明（関電プラント常務取締役）	―	2万		2万
右城望（地域共生本部長）	100万	340万	スーツ券5着分	690万

善家保雄（原子力事業本部副本部長）	—	30万		30万
長谷泰行（日本原燃常務執行役員）	—	80万	スーツ券3着分	230万
宮田憲司（高浜発電所長）	—	40万		40万
非公表（受領当時原子力事業本部総務担当部長）	—	150万	スーツ券5着分	400万
非公表（同右）	—	85万		85万
非公表（同右）	—	30万		30万
非公表（受領当時高浜発電所副所長）	—	—	スーツ券1着分	50万
非公表（同右）	—	20万		20万
非公表（受領当時京都支社副支社長）	10万	115万		125万
非公表（同右）	—	65万	スーツ券1着分	115万
非公表（同右）	—	25万		25万

合計金額　3億1845万円（A）

二〇二〇年三月十四日第三者委員会が調査し、新たに判明した関西電力幹部らの主な金品受領内容は次の通り。

氏名	当時の所属・肩書	現金（円）	商品券（円分）	その他
非公表	関西電力取締役など	―	30万〜40万程度	座敷机、羽毛布団、鉄製の船の模型、金の延べ棒（約２８０万円相当）、小判型の金20枚、スーツ仕立券
非公表	関西電力大飯発電所	10万	40万	大相撲チケット（10万円相当）、ワイシャツ仕立券（20万円相当）、床の間の置物台（１万５０００円相当）
非公表	関西電力中央送変電建設事務所	―	50万	金製品（１００万円相当）
北田幹夫	関電プラント社長	10万		
非公表	関西電力大飯発電所原子力事業本部	50万	２７０万	スーツ仕立券
森本浩志	関西電力副社長・原子力事業本部長	―	50万	
田中宏毅	関電プラント社長	―	50万	
藤井真澄	関電プラント社長	―	90万	小判型の金1枚

勝山佳明　関電プラント　　　　20万
　　　　　原子力事業本部

岩谷全啓　関電プラント社長　　　金貨5枚

合計金額　4155万円（B）

総合計金額（A）+（B）=3億6000万円（C）

関西電力役員らの金品受領問題を調べた第三者委員会（委員長・但木敬一元検事総長）は十四日、報告書を発表した。報告書は原発が立地する福井県高浜町の元助役森山栄治氏（故人）からの金品受領者が75人、総合計金額は約3億6000万円（C）相当だったと指摘。森山氏の要求に応じて工事を発注した事例があり、関電による便宜供与があったと認定した。

森山氏が関電幹部に渡した3億6000万円は、関電から受注した工事費用から捻出された。即ち、ユーザーが支払った電気代である。

昔、道路をトロトロ走る車があった。そのため追い越し禁止の対面通行の道路には後続車の長蛇の列が出来る。忙しく働く一般の企業からすれば「もっと速く走れ」と言いたくなるような速度である。この浮世離れした橙色の車にはあの関電のマークが画かれていた。

彼等はなにも急ぐ必要はないのである。関西地域に競争相手がいない彼等の給料は、必要なだけ電気代に上乗せ出来るのだから。

浮世離れした関電の幹部達は江戸時代の悪代官さながらに、工事会社から小判を貰い工事をさせていたのである。

関電は二〇二〇年四月三日付の『神戸新聞』一ページ全面を使って広告を掲載した。内容は次の通りである（他の新聞にも掲載していると思われる）。

関西電力から皆さまへ、
お詫びとお約束をさせていただきます。

当社の役職員が、社外の関係者から金品等を受け取っていた問題等により、お客さまや社会の皆さまからの信頼を裏切り、多大なるご迷惑をおかけしていることについて、深くお詫び申し上げます。

（中略）

当社は、「今回生まれ変わらなければ、明日の関西電力はない」という覚悟と、過去と決別し全く新しい関西電力を創生していくとの不退転の決意で、経営の刷新に取り組み、皆さまから信頼いただけるよう全力を尽くしてまいります。

（中略）

二〇二〇年四月三日　関西電力株式会社　取締役社長　森本　孝

森本さん、この広告料金も数千万円は下らないとおもうが、これもユーザーが支払った電気代だということを忘れないでいただきたい。

ユーザーを馬鹿にするにもほどがある。

コロナウイルスが教えてくれた

■新型コロナウイルス（COVID-19）を巡る経過

二〇一九年　十二月　　　中国湖北省武漢市が原因不明の肺炎患者を確認と発表

二〇二〇年　一月　九日　中国で患者から新型コロナウイルス確認と報道

十六日　神奈川県在住で中国籍の男性の感染を確認と厚生労働省が発表。国内初の確認

二十八日　武漢ツアー客を乗せた日本人バス運転手の感染確認。渡航歴のない感染者は国内初

三十日　世界保健機関（WHO）が緊急事態宣言

二月　一日　日本で感染症法の指定感染症に。香港で感染確認された男性が日本に戻るクルーズ船に乗っていることが判明

三日　横浜に到着したクルーズ船の検疫開始。その後、乗客や乗員の集団感染が判明

八日　武漢市で入院していた日本人男性が新型肺炎の疑いで死亡

十三日　神奈川県の八十代女性が死亡。国内初の死者

二十日　クルーズ船の乗客の八十代男女が死亡。乗船者で初の死者

二十七日　安倍晋三首相が全国の小中学校、高校を三月二日から臨時休校にする考えを表明

二十八日　北海道の鈴木直道知事が「緊急事態宣言」

三月

四日　国内の感染者が一〇〇〇人を超える

六日　世界の感染者が一〇万人を超える

十一日　WHOが「パンデミック（世界的大流行）」表明

十三日　新型コロナウイルス特措法が成立、緊急事態宣言が可能に。WHOがパンデミックの中心は欧州に移ったとの認識示す。トランプ米大統領が国家非

常事態を宣言

十八日　世界の感染者が二〇万人を超える

二十四日　東京五輪延期決定

三十一日　世界の感染者合計七八万七六三一人、死者三万七八四〇人。日本の感染者二九〇〇人（うちクルーズ船七一二人）、死者七七人

四月

五日　国内の死者が一〇〇人超え

七日　政府が7都府県に緊急事態宣言発令

十六日　政府が緊急事態宣言を全国に発令

十八日　国内の感染者が一万人突破

二十日　全国民に一律十万円給付を閣議決定

三十日　政府が緊急事態宣言を五月末まで延長へ調整

五月

四日　緊急事態宣言五月三十一日まで延長（五月十四日に期限前解除可否検討）

十四日　緊急事態宣言39県解除。継続は北海道・埼玉・千葉・東京・神奈川・京都・大阪・兵庫の8都道府

県。**解除の目安**↓①直近一週間の感染者が10万人当たり0・5人未満②直近一週間の新感染者がその前の一週間を下回る③医療体制が逼迫していない④PCR検査の件数が一定以上。**再指定の目安**↓①直近一週間の10万人当たり新染者数②累計感染者数が2倍になるまでの時間③経路不明の感染者の割合

二十日 **夏の甲子園中止決定。戦後初**

二十一日 **緊急事態宣言3府県解除。首都圏25日にも判断。**政府は二十一日、**大阪・京都・兵庫の3府県を、**44日ぶりに解除すると決定した。新規感染者数に歯止めがかかり、病床数や検査体制の確保にめどがたったと判断した。埼玉・千葉・東京・神奈川・北海道の5都道県は継続とした

二十五日 **緊急事態宣言全面解除。**政府は、二十五日夜、新型コロナウイルス特別措置法に基づく緊急事態宣

言を全面解除した。継続中だった埼玉・千葉・東京・神奈川・北海道の5都道県を対象から外した

■新型コロナウイルスの感染者数と死者数と死者数の倍率

	（二〇二〇年三月三十一日現在）		（二〇二〇年五月二十六日現在）		
国名	**感染者数（人）**	**死者数（人）**	**感染者数（人）**	**死者数（人）**	**倍率**
アメリカ	16万4610	3170	166万2768	9万8223	**30.9**
イタリア	10万1739	1万1591	23万0158	3万2877	2.8
スペイン	8万7956	7716	23万5400	2万6834	3.4
中国	8万2240	3309	8万4102	4638	1.4
ドイツ	6万7051	650	18万0600	8309	**12.7**
フランス	4万5170	3030	18万3067	2万8460	9.3
イラン	4万1495	2757	13万7724	7451	2.7
イギリス	2万2454	1412	26万2547	3万6996	**26.2**
スイス	1万5922	359	3万0746	1913	5.3
ベルギー	1万1899	513	5万7342	9312	**18.1**

日本	2900	77	1万7335	876	**11・3**
その他	14万4159	3256	241万7060	9万0417	9・1
世界合計	**78万7631**	**3万7840**	**549万8849**	**34万6306**	**27・7**

（日本の数値は横浜・長崎のクルーズ船の乗船者などを含む）

（米ジョンズ・ホプキンス大の集計などによる）

二〇二〇年三月三十一日付の『朝日新聞』に、京都大学名誉教授佐伯啓思《さえきけいし》氏の左記のオピニオンが掲載された（太字は著者による）。

現代文明　かくも脆弱

新型コロナウイルスの流行が終息しない。米国や欧州に続き、東京でも感染拡大が続いている。私にはこのウイルスの脅威の程度を判断することはできないし、政府の様々な措置についても評論することはできない。ただここで論じてみたいのは、現代社会もしくは現代文明に対して、このウイルスがもっている意味である。今日の事態を少し突き放してみた場合、このコロナウイルス騒動は、見事に現代文明の脆弱《ぜいじゃく》さをあらわにしてしまったように見える。

現代文明は、次の三つの柱をもっている。第一にグローバル資本主義、第二にデモクラシーの政治制度、第三に情報技術の展開である。それらは、人々の幸福を増進し、人類の未来を約束するとみなされてきた。だが、今回のコロナウイルス騒動は、この楽観的な将来像に冷水を浴びせかけた。

グローバリズムとは、人、モノ、カネの国境を超えた移動であるが、今回、われわれはそこにウイルスや細菌を加えなければならなくなった。ほんの二カ月ほどの間に、ウイルスのグローバル化が生じたのである。

もちろん、かつて十六世紀に欧州から新大陸に持ち込まれた天然痘の大流行も、第一次世界大戦末期のスペイン風邪もいわば当時のグローバリズムの中で生じたものだし、近年のＳＡＲＳ（重症急性呼吸器症候群）やＭＥＲＳ（中東呼吸器症候群）も世界へと飛び火した。だが、それにしても、今回のウイルスのグローバル化は驚くほど急速であり広範なものであった。

このパンデミックを引き起こしたものは、冷戦以降のグローバリズムである。世界的な市場競争が企業の海外進出を促し、また、ＥＵのように、自由と民主主義の理念によって移民を受け入れ、広範な人口移動をもたらした。そこへ世界的な観光ブームである。

そして、グローバル経済のひとつの中心が中国であった。中国が世界の工場になり、各国は中国の市場をあてにして自国経済を成長させようとした。世界中が中国頼みになったのであり、この各国の戦略が、中国発のウイルスによって逆襲されたわけである。

(中略)

今回のような新型の病原体の出現は、リスクではなく不確実性である。その時かろうじて頼りになるのは、政府や報道ではなく、われわれがもつ一種の「常識」や「良識」であろう。政府に依存し、報道に振り回されるよりも前に、自らこの事態をどう捉え、どう行動するかを判断するための「常識」であり「良識」である。

先日、ある知人がこういっていた。電車に乗っていると、河川敷で(休校の)小学生たちが遊んでいるのが見えた。公園でも遊んでいた。それを見て、何かほっとした、という。昔はこういう光景が日常であった。今日、子供は帰宅するやいなや塾に行ってしまい誰も遊んでいないのだ。

ところがこれに対して学校を閉じておいて公園で遊ぶのはおかしい、外出を禁止すべきだ、というクレームが政府に寄せられる。そこで文部科学省が、散歩その他の、多数が群れない程度の外出は問題ない、という旨の発表をした、という。何をかいわんやであろう。それほど、われわれは「常識」から遠くなってしまった。

ある高校教師がいっていた。休校になって初めて、職員室で先生同士が話すようになった。これまで、多忙のため話もできなかった他の先生のことがようやくわかった。おかげで職員室の雰囲気がずいぶんとよくなった、と。また、あるサラリーマンが言っていたが、在宅勤務がふえ、初めてゆっくりと子供や家族と過ごす時間がもてた。また、私の住んでいる京都では、ようやく本来の静かな街が戻ってきたという声はよく聞かれる。ここでもあらためて、われわれがいかに「常識」からへだたってしまっていたかを知るのである。

いいかえれば、この十年、二十年のわれわれの生活がいかに、「異常」だったかということになる。皮肉なことに、今回の「異常事態」が逆に、この間のグローバル競争の異常性をあぶりだした。確かに、今後、企業の業績悪化などによる経済の悪化はかなり深刻であろう。経営に苦慮する商店も多数でている。

しかし、右記の実感が正直なものだとすれば、今日のグローバル資本主義のなかで、われわれはすっかり余裕もゆとりも失っていたということになる。**市場主義や効率主義や過剰な情報文化は、われわれから思考能力も「常識」も奪い取っていった。**人々と顔を突き合わせて話をし、家族や知人とゆっくりと時間をすごす日常的余裕がなければ「常識」など消えてしまう。それだけでなく、この間の市場主義は、医療や病院という公共機関を効率性にさらすことで、医療体制にも大きなダメージを与えてきたのである。

もしも今回のコロナのパンデミックが、多大な経済的打撃を与えるとすれば、それほど、われわれは脆《もろ》い、ギリギリの経済競争のなかで生きていた、ということである。生産拠点を中国に移し、中国からのインバウンドで経済成長を達成するというやり方の危うさが明らかになった。われわれは、**自らの生存の根底を、海外の状況、とりわけ中国に委ねているということの危うさである。そこまでしてわれわれはもっと豊かになり富を手にしたい、という。だが、この数年のインバウンド政策にもかかわらず、経済成長率はせいぜい一％程度なのだ。一体、われわれは何をしているのだろうか。**

人類は長い間、生存のために四つの課題と闘ってきた。飢餓、戦争、自然災害、病原体である。飢餓との闘いが経済成長を生み、戦争との闘いが自由民主主義の政治を生み、自然との闘いが科学技術を生み、病原体との闘いが医学や病理学を生んだ。すべて、人間の生を磐石なものとするためである。そしてそれが文明を生み出した。

だが、この極北にある現代文明は、決してそれらを克服できない。とりわけ、巨大地震や地球環境の異変は自然の脅威を改めて知らしめ、今回のパンデミックは病原体の脅威を明るみに出した。文明の皮膜がいかに薄弱なものかをあらためて示したのである。**一見、自由や豊かさを見事なまでに実現したかに見える現代文明のなかで、われわれの生がいかに死と隣り合わせであり、いかに脆いものかをわれわれはあらためて知った。**カミュの「ペスト」がよく読まれているというが、そこでカミュが描いたのは、とても人間が管理しえない不条理と隣り合わせになった人間の生の現実である。文明のすぐ裏には、確かに常に「死」が待ち構えているのである。

ウイルスが教えてくれる人の道

（朝日川柳・大阪府　加藤英二氏）

テレワーク

■テレワーク

パソコンやタブレット端末を活用し、自宅や共用オフィスで仕事をすること。「tele」（遠くで）「work」（働く）を組み合わせた造語。日本テレワーク協会（東京）によると、自宅で仕事をする「在宅勤務」、会社が用意した場所で働く「サテライトオフィス勤務」、移動しながら作業する「モバイルワーク」の三つに大別される。一九八〇年代後半のバブル経済に伴って発生した通勤ラッシュやオフィス不足など諸問題を解決する方策として注目された。その後は新型インフルエンザ問題（二〇〇九年）や東日本大震災（二〇一一年）など、今回のコロナ禍同様、社会状況の変化のたびに推進が叫ばれてきた。

在宅勤務で問題があったこと（国土交通省がウェブ調査）

26・8％　会社でないと資料などが閲覧できない

9・7	同僚や上司との連絡・意思疎通
9・6	会社の制度が不明確
9・2	営業先との連絡・意思疎通
7・0	自宅にスペースがない
4・8	家事や育児で仕事に集中できず
3・1	セキュリティー対策に不安
2・0	その他
27・8	特に問題はなかった

新型コロナウイルスの感染拡大を受け、自宅などでテレワークを導入する企業や官公庁が相次いでいる。民間調査では、三月から四月にかけて全国での実施率が倍増した。

テレワークには限界がある。いい仕事は「現場」「現物」「現実」の中でこそ出来る。

麒麟がくる

近江の朽木（滋賀県高島市）で、足利義輝（第十三代将軍）は明智十兵衛（光秀）に対して言った。

「そなたに会うのは三度目じゃ。

一度は本能寺の門前、そなたは（細川）藤孝《ふじたか》と切り結んでおった。見事な腕前じゃと感心した。

二度目は（三淵）藤英《ふじひで》の館で声を聞いた。そなたは藤英にこう申していた。

私が幼きころ父から教わったのは、将軍は武家の棟梁であらせられるということ。武士を一つにまとめ世を平らかに治めるお方であると。

さらにこう申した。今、世は平らかではありません、将軍のお膝元で将軍の御家臣同士が戦われ、それに目をふさぎ背を向けてかかわりなしとされて、それでは世は平らかにならない。将軍が一言お命じにならねば。〝争うな〟と。

それを聞きわしがどれほど励まされたか分かるか。美濃にそういう武士が一人いる。

おのれは将軍であろう、なにゆえ世を平らかに出来ぬ。一言〝争うな〟と命じよと。そう申してわしの背をたたいた武士がいる」

「おそれ多き事にござりまする」

と十兵衛が答え、さらに義輝は続けた。

「もはやそのように叱ってくれる者がおらぬのじゃ。そなたの申す通りじゃ、未だに世は平らかにならぬ。わしの力が足りぬゆえ、このわしもかかる地でこのありさまじゃ」

それを聞いていた家臣たちが次々に言った。

「何を仰せられます」

「力が足りぬのは我ら」

「我らが非力ゆえ」

義輝は続けた。

「我が父義晴（第十二代将軍）は己が病弱ゆえ、わしが幼きころよりかんで含めるように仰せであった。強い子になれ、声は大きく、よい耳を持ち、よく学べ、さすれば立派な征夷大将軍となろう。世を平らかに出来よう。

さすれば麒麟がくる、この世に麒麟が舞い降りると。

わしは父上のその話が好きであった。この世に誰も見たことのない麒麟という生きものがいる。穏やかな世をつくれる者だけが連れてこられる不思議な生きものだという。わしはその麒麟をまだ連れてくることが出来ない。無念じゃ。十兵衛」

「はっ」

「この文の中身、しかと承知いたした。今川と織田の和睦の儀、もっともの具申じゃ。両者に使いを出し和議を命じよう。この両者なら耳を傾けるはず。それで良いか」

「はっ」

「十兵衛、麒麟がくる道は遠いのお」

明智十兵衛は泣きながら帰路についたのだった。


右は明智十兵衛（光秀）が斎藤山城守（道三）の書状（今川と織田の和睦依頼状）を持参して、第十三代将軍足利義輝に謁見したときの話である（ＮＨＫ『麒麟がくる』より）。

あれから四七〇年経ったが、日本に麒麟がくる日は遠い。

農の学校

二〇二〇（令和二）年三月二十三日、丹波市立農《みのり》の学校第一期生が卒業した。同校は兵庫県丹波市が昨年四月に開校した国内初の全日制有機農業学校である。この新しい試みに私は注目していた。

昨年四月八日の入学生十五人（男性十四人、女性一人）の内訳は次の通り。兵庫県二人、京都府三人、大阪府三人、東京都二人、千葉県一人、富山県一人、滋賀県一人、島根県一人、愛知県一人。

定員は二十名だったが、第一期生は十五人でスタートした。

学校運営方針

①有機農業の英知を結集して、農業界の次世代を担う人材を育成する。
②地域と連携を取り、地域の担い手となる人材を育成する。
③農業の楽しさ、食の面白さを実感できるカリキュラムづくり。

④受講生一人ひとりが「自分の農場」として主体的に関わる学校づくり。

研修期間　一年（18歳以上が対象で授業料は51万2千円・年間1216時間）。（習得するもの）技術・知識、経営力、農業に必要なモノ（農地の取得、支援制度の情報）、特産物栽培。

二〇一九（平成三十一）年四月八日

有機農業について実践的に学ぶ丹波市立農の学校（同市市島町上田）が八日に開校し、入学式が開かれた。全国から集まった一期生十五人は「衰退する故郷の農業を何とかしたい」「ITと農業でビジネスがしたい」「退職後のセカンドライフに」などと、それぞれが有機農業に懸ける夢を語り、就農へ向けて新たな一歩を踏み出した。

農業教育事業を手掛ける「マイファーム」（京都市）が指定管理者として運営する。校舎は生涯学習施設を改修し、栽培実習用に約一・四ヘクタールの農地を整備した。教育課程は一年間で、週に五日通学する。

式には地元農家や行政職員らが出席し、有機農業の先駆地である市島地域での開校を祝福した。一期生たちはオリエンテーションを済ませ、西辻一真校長から農業経営をテーマに講義を受けた。

二〇二〇（令和二）年三月二十三日

昨年四月に開校した農の学校で学んできた二十〜五十代の十三人がこのほど、一年間の課程を終えて卒業した。十五人が入学したが、二人が家庭の事情で自主退学し十三人の卒業となった。これからは独立就農や農業法人への就職など、それぞれの道を歩む。八人は引き続き市内で農業に携わる。

一期生として受講した感想や今後について四人に聞いた。

■イチゴに集中投資

脱サラし、東京から移住。ＪＡ丹波ひかみの出資農業法人アグリサポートたんばでイチゴ栽培の研修を受ける河出大輔さん（37）＝丹波市市島町上垣

憧れていた農業を実際に仕事としてするイメージが付いた。農業機械の操作や営農計画の立案などは全日制学校だからこそ得られた体験だった。一方で土壌分析からの施肥設計や土づくり、病害虫対策などはまだスキルアップが必要。

日本では、米など主要農産物の安定供給は実現できていると考えている。だから、嗜好品としての高付加価値の農産物を作りたい。リスク分散はあえてせず、イチゴに集中投資したい。

■新鮮野菜　都市部へ

東京から夫婦で移住。独立就農する古谷浩二郎さん（44）＝丹波市氷上町上新庄

旅先の八ヶ岳で食べた高原野菜のおいしさに感動したのが農業を志したきっかけ。新鮮な野菜を都市部でも身近なものにしたい。

学校では農業の基礎を学べたし、地域の農家さんとのつながりができたことや、農業のやり方は人それぞれということを知れたのも収穫。出荷調整や販売先については、学生で自主的に学ぶのは難しいと感じた。

素材の味で勝負できる枝豆をはじめ、ナスやピーマン、妻のアロマ事業に使うハーブの栽培に取り組む。

■まずは少量多品目

滋賀や大阪などでの会社勤務を経てUターン。独立就農する西垣俊彦さん（39）＝丹波市柏原町北中

祖父が農業をしている姿を子どもの頃から見ていて、自分もいつかやりたいなと思っていた。入学当初は有機栽培にこだわるわけではなかった。土は耕せばつくれるものと思っていた。でも実際は違った。有機物の投入など土づくりの奥深さを実感し

ながら学べ、有機の魅力に取りつかれた。

まずは四反ほどの少量多品目で有機野菜の栽培をする。農の学校のすぐ近くで就農する予定なので、これからもちょくちょく顔を出したい。

■米に加え野菜作り
三年ほど前に脱サラし、市内の親と水稲栽培に励んでいる荻野啓介さん(46)＝丹波市市島町喜多

米作りの経験しかないから、野菜作りの知識と技術を学びたいと思って受講した。初心者には情報量が多く、想像以上に大変。良くも悪くも正解がない。

一年間はあっという間だった。一人ではつらいこともわいわいと作業していると楽しかった。いろいろな現場を見に行けたので、野菜作りの選択肢を多く得られたのは良かった。

最後の二カ月ほどで、何となく自分好みのやり方が分かった。米作りを続けながら、学んだ野菜作りに挑戦していこうと思う。


一期生十三人が無事卒業される運びとなったことに安堵した。四月には二期生十二

人が入学する予定である。

農業はとてもつらい仕事だ。一期生十三名が初心を忘れずに成功されんことを心から願っている。

サル化する人間

ＮＨＫの『視点・論点』で、京都大学総長の山極壽一氏の「共感力を必要とする社会」（二〇二〇年四月十五日放送）を観た。

私が求めていた答えに出会ったので紹介しよう。

（前略）

実は、人間の赤ちゃんは共同育児をしてもらうように生まれてきます。生まれた直後からけたたましい声で泣くのは自己主張です。体重が重く、自力でお母さんにつかまれないため、お母さんが抱き続けることができず、他の人に預けたり、置いたりするからです。

ゴリラの赤ちゃんは泣きません。四六時中お母さんの腕の中で育てられるので、泣く必要がないからです。

赤ちゃんの泣き声を聞いて、いろいろな人が手を差し伸べます。赤ちゃんに語りかける声は音楽的で、文化や言語の違いを超えて共通のトーンを持っています。絶対音感を持つ赤ちゃんはそれを聞いて、世界に受け入れられたと思い、幸福に眠るのです。

重要なことは（中略）人間の子どもの成長を支えるのは、生みの親でなくてもよく、親身になってくれる多くの手が必要だということです。

しかしながら、近年の情報革命は、人間の脳を構成する知能と意識を分け、大量の情報を処理する人工知能を発達させました。

共感能力や情緒は置き去りにされ、家族も共同体も崩壊の危機に瀕しています。人々は仲間ではなく、インターネットやスマホを頼るようになり、個人の利便性を優先するようになりました。

私は、現代の社会が共感ではなく、優劣のルールに頼るサル的な社会になりつつあると感じています。互いの優劣に基づいてトラブルを解決するほうが効率的ですが、共感力を使う必要はなくなり、格差が大きく、利益を優先する社会になります。

そして、個人の利益だけを追求すれば、利益を侵害する仲間は排除され、集団は閉鎖的になります。

現代は、安全・安心を向上させる社会を目指していますが、安全は科学技術によってもたらされるものの、安心は技術だけでは保証されません。どんなに安全な環境でも、人が裏切れば安心できなくなるからです。駅のホームで突き落とされたり、レストランで料理に毒を盛られるなどという不安があれば、社会生活を営めなくなります。

スマホやインターネットを通じて、多様な人々が交流する現代では、誰を信用していいのか、どんな情報を信用していいのか、多くの不安が付きまといます。バーチャルな世界でのつながりはかえって人々を孤独にし、人間を均一な情報に変えていきます。

人間は工業製品ではありません。個人は誰も代わることができない自立的な存在で、だからこそ、多様な人々がつながり合うことによって新しい世界が開けるのです。

今一度人間の歴史を振り返って家族と共同体の重要性を再認識し、共感力を用いた信頼できる仲間づくりを心掛けるべきだろうと思います。

これまで、信頼できる仲間と幸福な夢を分かち合ってきた人間は、インターネットの中で、今個人の物語を生きようとしています。

スマホを見つめているあなたは、現実よりもフィクションに生きているのです。

ホンダジェット

二〇一五年四月二十三日

ホンダが米国で開発してきた小型ビジネスジェット機「ホンダジェット」が日本上空を初飛行し、羽田空港に着陸した。創業者の故本田宗一郎氏が一九六二年に航空機への参入を宣言してから半世紀余りで夢が実現した。四月二十五日～五月四日に国内五カ所で一般公開する。

羽田空港で記者会見したホンダの伊東孝紳社長は「性能や快適性で小型ビジネスジェットの新しいスタンダード（標準）を切り開く自信作だ」と語った。当面は欧米を中心に販売。

ホンダジェットは最大七人乗り。胴体に取り付けるのが一般的なエンジンを主翼の上に置く独自の設計で、空気抵抗を軽減し機内も広くした。エンジンは米ゼネラル・エレクトリック（GE）と共同開発。同じ小型機に比べ、燃費性能は約17％高いという。

価格は四五〇万ドル（約四億八千万円）。既に欧米で企業経営者を中心に一〇〇機以上の受注があり、近く米国で型式証明を取得し、納入を開始する（ホンダエアクラフトは二〇一五年十二月九日、米航空当局から販売許可に当たる型式証明を取得したと発表）。

ビジネスジェットは全世界で年間七〇〇機程度が販売されている。市場は過去二十年間、年平均五％程度の成長を続けており、今後も拡大が見込まれる。しかし、日本で登録されている民間機は五十五機にとどまり、欧米に比べ、大きく遅れている。大都市近郊にビジネスジェット専用空港がある欧米に対し、日本は最も利用ニーズがある羽田空港でも発着が一日八回までに制限されるなど利用環境が整っていない。

二〇一八年二月二十二日

ホンダは二十二日、米子会社が製造、販売する「ホンダジェット」の二〇一七年の世界出荷機数が前年比約八十七％増の四十三機になったと発表した。米セスナ・エアクラフトの「サイテーションM２」を抜き、軽量小型ジェット機の機種別で初の年間首位となった。広い機内空間や高い燃費性能が評価された。

二〇一八年三月二十八日

ＡＮＡホールディングス（ＨＤ）と双日は二十八日、定期便の到着先で小型ジェット機に乗り継ぎ、目的地に素早く向かえる事業を今夏に始めると発表した。共同出資会社を設立し、機体は「ホンダジェット」などを使う。北米で日本企業の経営者ら向けに始め、その後欧州などでも展開する予定。ＡＮＡＨＤの片野坂真哉社長は会見で「新たな移動手段を提供し、顧客の需要に応えたい」と語った。

二〇一八年五月二十八日

航空機事業を手掛けるホンダの米国子会社「ホンダエアクラフト　カンパニー」は二十八日、最新の小型ビジネスジェット機「ホンダジェットエリート」を公開したと発表した。従来機より航続距離が約17％延び、約二六六一キロの飛行が可能。空気取り入れ口の改良により室内の静音性も向上した。

機体色はアイスブルーなど三色を追加した。スイス・ジュネーブで二十八〜三十一日に開催のビジネス航空ショーに展示し、北米と欧州で五二五万ドル（約五億七千万円）で販売する。ホンダエアクラフトの藤野道格《みちまさ》社長は「性能、移動効率、環境について新たな価値の創造を追求し続ける」とのコメントを出した。

二〇一八年五月二十九日
ホンダは二十九日、中東で「ホンダジェットエリート」の受注を開始したと発表した。富裕層の個人客や大企業関係者などの需要を見込んでいる。アラブ首長国連邦（UAE）やトルコなど中東十カ国で販売する。

二〇一八年六月六日
ホンダは六日、日本で「ホンダジェットエリート」を販売すると発表した。六日から受注を開始し、二〇一九年前半をめどに納入を始める。現在は保有機数が一〇〇機に満たない国内市場を、今後四～五年で二倍に広げる構想も明らかにした。飛行に必要な、国が機体の安全性を認証する「型式証明」について、五月に国土交通省に取得を申請した。

二〇一九年二月二十三日
「ホンダエアクラフト　カンパニー」は二十三日までに、「ホンダジェット」の二〇一八年の顧客への引き渡し機数が三十七機となり、二年連続で同クラスで世界首位になったと発表した。

藤野道格社長は「効率性や快適性を備えたホンダジェットを引き続き顧客に選んでもらえたことを誇りに思う」と声明を出した。

二〇一九年十月二十九日

トヨタ自動車が「ホンダジェットエリート」を導入することが二十九日、分かった。来年春から役員の移動用として使う方針で、既に系列会社が所有権を取得した。機体の登録記号は「JA86GR」。トヨタはホンダと車の技術開発や販売でしのぎを削っているが、今回はライバル社側から購入した形となり関心を呼びそうだ。

関係者によると、登録記号は複数の候補から選んだ。トヨタのスポーツカーブランド「GR」と車名「86（ハチロク）」にゆかりがあったためとみられる。トヨタ幹部は「うちは航空機をやっていないので、（ライバルでも）いいものは買うということだ」と話す。

二〇二〇年二月十九日

「ホンダエアクラフト　カンパニー」は現地時間十九日、「ホンダジェット」の二〇一九年の納入数が三十六機となり、同クラスで三年連続の世界首位になったと発表した。二〇一九年は運航に必要な「型式証明」を中国やカナダで新たに取得し、急病人の緊急搬送に適した医療用モデルも追加した。

ホンダジェットは静かで広い室内や燃費の良さが好評で、現在は計約一五〇機が世界で運用されている。新型コロナウイルスによる肺炎の影響が拡大する中、堅調な販売を維持できるかどうかが課題となりそうだ。

藤野道格社長は「効率的で快適な移動手段として世界中で選ばれたことをうれしく思う」とコメントを出した。

私は小型ビジネス機には一度だけ乗ったことがある。アメリカ出向時のカラマズーからケンタッキーまでの往復フライトだった。

その時はジェット機ではなくプロペラ機だったが、機長と副機長の二人がコックピットにいて、乗客は会社関係者の四名である。当日は晴天で片道一時間程度のフライトだがトイレ付きで果物なども出て快適な旅だった。

四人分の旅費で一般の旅客機より安く乗れるので、ビジネス機をチャーターしたのである。経費と時間が省けるビジネス機の使用は当然の選択といえる。

ホンダジェットの今後の発展を期待したい。

三菱スペースジェット

二〇〇八年三月二十七日

■国産ジェット旅客機事業化決定

三菱重工業が、国産旅客機としては四十年ぶりとなる三菱リージョナルジェット（ＭＲＪ）の事業化に踏み切る。三菱重工は、ボーイングなど海外の航空機メーカー向けに主要部品を供給してきた高い技術力を持つ。ただ、旅客機本体の事業では海外ライバルも手ごわい。事業が軌道に乗るまでには課題もある。

新興国市場を中心とした世界の経済発展で、人とモノの動きは今後も急速に拡大するとみられている。そのため、今後二十年間で、旧型機からの買い替えも含めて約五〇〇〇機の小型ジェットの需要があると見込まれている。三菱重工は、ＭＲＪで拡大する需要の取り込みを図る。

ただ、小型ジェット事業では、カナダのボンバルディアとブラジルのエンブラエルが二大メーカーで、両社の牙城を切り崩すのは容易ではない。日本航空も、二〇〇九年からエンブラエルの小型機十五機を導入することを決めている。

また、今後需要が伸びる地域とされる中国やロシアは、すでに自国メーカーによる小型機の開発を急いでいる。ＭＲＪの事業を成功させるには、最新技術によるＭＲＪの燃費の良さや、騒音の少なさをより強くアピールし、日本の航空会社だけでなく、欧米の有力航空会社からの受注を早期に確保することが不可欠となる。

・ＭＲＪの主な特徴

【機体の形状】最新の空力工学に基づき主翼やフラップなどの形を変更、風切り音を減らし低騒音化を実現

【機体の素材】主翼や尾翼など機体全体の約三割の部品を従来のアルミ素材などから炭素繊維複合材に替えて軽量化

【エンジン】米プラット&ホイットニー社が開発したジェットエンジンを採用、約三割の低燃費と低騒音を実現

【スリムシート】日本の素材技術を用いた新構造のスリムシートで快適な座り心地と、広々した足回り空間を実現

【コックピット】ボーイングの新型機７８７と同様の四枚の大型液晶ディスプレイを

採用し、パイロットの状況確認を容易にして、操縦時の安全性を高める

■世界の主な小型ジェット機との比較

機種	MRJ70	ARJ21-700	CRJ-700	EMBRAER170
メーカー	三菱重工業	中航商用飛機	ボンバルディア	エンブラエル
（国）	（日本）	（中国）	（カナダ）	（ブラジル）
座席数	70～90	78～90	70～78	70～80
航続距離（km）	1700～3630	2225～3700	3209	3892
巡航速度（マッハ）	0.78～0.82	0.78～0.80	0.78～0.825	0.8
離陸滑走距離（m）	1300～1530	1700～1900	1680	1689
価格（米ドル）	4580万	3050万	2500万	2400万
初飛行	2015年	2008年	1999年	2002年
運用の有無	2021年予定	運用中	運用中	運用中

■MRJの開発状況

二〇〇八年三月二十七日　【国産ジェット旅客機事業化決定　二〇一三年就航へ】

【全日空ＭＲＪを15機購入、後に10機購入予定と発表】

二〇一二年四月　【初飛行二〇一三年十―十二月期に延期。初号機納入を二〇一五年度半ば以降に延期】

二〇一三年八月二十二日　【初号機納入を二〇一七年四―六期に大幅延期】

二〇一四年六月十九日　【国産機売り込み攻勢　最終作業急ピッチ】

二〇一五年四月九日　【ＭＲＪ初飛行延期の方向　作動検査中トラブル】

十月一日　【ＭＲＪ今月下旬に初飛行】

十月二十四日　【ＭＲＪ初飛行再び延期　11月上旬に操舵用ペダル改修】

十一月十一日　【ＭＲＪ初飛行（初飛行は五回目延期後に成功）】

十二月三日　【日航傘下・ジェイエア　国内路線の全機ＭＲＪ切り替え】

十二月十七日　【ＭＲＪ全日空への初納入延期へ　四回目の計画変更、機体開発の難しさがあらためて浮き彫りに】

十二月二十四日　【ＭＲＪ主翼強度不足　全日空への初納入は一年延期し、二〇一八年半ばの納入目指す】

二〇一六年二月十日　【主翼部分の強度不足で中断していた試験飛行再開　主翼の付け根に二ミリのプレートを貼り付けるなど補強】

二月十二日　【ＭＲＪ「燃費性能で優位」三菱航空受注競争に自信】

二月十七日　【ＭＲＪ米会社から20機受注　**受注合計４２７機に**】

三月十日　【ＭＲＪ組立工場が完成　秋ごろから本格稼動の計画】

五月二十四日　【ＭＲＪ、伊勢志摩サミットに合わせ「玄関口」となる中部空港に到着。世界にＰＲする絶好のチャンス】

五月三十一日　【**ＭＲＪ二号機初飛行**　五機態勢で試験を進める予定】

六月七日　【ＭＲＪ70席の小型開発　競合が少ない70席タイプを品ぞろえに加え、航空会社への売り込みを強化する】

七月十一日　【ＭＲＪ**欧州で20機初受注**、スウェーデンの企業から】

八月十六日　【ＭＲＪ米ワシントン州モーゼスレイクへ月内に初飛行。現地に於いて試験機四機で国の安全認証取得予定】

八月二十七日　【米国へ向けて愛知県営名古屋空港を離陸　**現在計**

447機受注】

【二十七日午前十一時四十六分に離陸したが、空調システムのトラブルが判明し、**引き返して約一時間後の午後零時五十分過ぎに名古屋空港に着陸した**】

八月二十八日　【MRJは米国へ向けて名古屋空港を離陸したが、前日と同様の不具合が原因で、**二日連続のUターンとなった**】

八月三十日　**【米国行き来月下旬以降**　さらなる納期遅れ懸念】

九月二十五日　**【MRJ四号機初飛行**　三号機は地上試験を始めており、**飛行は一、二号機に次ぎ三機目】**

九月二十九日　**【MRJ米試験拠点に到着**　一号機は現地時間の二十八日午後五時四十五分ごろ、モーゼスレイクのグラントカウンティ国際空港に着いた。安全認証を取得するため二五〇〇時間必要とされる飛行試験の大半を米国で行う】

【MRJの発注企業　ANA25機　日本航空32機　ト

ランス・ステーツ・ホールディングス（米国）１００機　スカイウェスト（米国）２００機　イースタン航空（米国）40機　エアロリース（米国）20機　ロックトン（スウェーデン）20機　エア・マンダレー（ミャンマー）10機　**合計４４７機**（最大予定数）】

十月一日

【ＭＲＪ納期延期の恐れ　三菱航空機が技術面で検討すべき課題が浮上したため、ＡＮＡに初納入時期が遅れる恐れがあると伝えていた。ＭＲＪの受注は、４４７機のうち半数近くの２０４機がキャンセル可能な契約。ライバルの海外メーカーが新型機の開発で追い上げており、顧客を奪われる懸念がある】

十月十八日

【ＭＲＪ米で初試験　一号機は現地時間十七日午後一時二十分ごろグラントカウンティ国際空港離陸、飛行できる速度や高度をテストした後、午後四時四十分ごろに戻った。

ＭＲＪの試験機五機の役割と現状

試験機	主な役割	現状
一号機	高度や速度非常事態	米国での飛行試験開始
二号機	高度や速度燃費性能	国内で飛行試験。近く米へ
三号機	急旋回急降下電装品	近く国内初飛行。今後米へ
四号機	内装品	国内で飛行試験。今後米へ
五号機	自動操縦	国内飛行試験に向け準備】

十月三十一日

【三菱重工本体がＭＲＪてこ入れ　社長直轄で推進委
十一月中に三菱重工の宮永俊一社長直轄の事業推進委員会を設置すると発表した。ＭＲＪは開発の遅れでこれまでに四度納期を延期している。三菱重工本体が開発過程の重要事項に関わることで意志決定を迅速化し、着実に事業を推進する狙い】

十一月十九日

【MRJ二機目　米到着】

二〇一七年一月二十日

【MRJ納入　最大二年延期　変更五度目二〇年半ばに】機体前方に搭載していた二つの飛行制御システムについて、安全性向上を理由に前後に分散させることにした。設計変更に伴い試験項目が増え、ANAに納入予定だった量産機を試験に回すといった対応を検討している。納期遅れにより、受注活動への影響が懸念される

一月二十三日

【MRJ開発費、最大四割増】開発費は二〇〇八年の事業開始時には**一千五百億円程度**とされていた。初納入が当初予定の二〇一三年から大幅に遅れた結果、現在三千億円規模と想定している開発費は、三〜四割に当たる約一億円増加し、**四千億〜五千億円程度**になる見通しだ。今後の対策として、安全性を証明する「型式証明」を取得した経験のある外国人技術者を増やすほか、世界で地域別の販売活動を強化する。開発過程

二月二日

の意志決定などは三菱重工が主導する】

【MRJ子会社社長退任　三菱航空機、開発遅れで引責　三菱重工業は二日、MRJを開発している子会社の三菱航空機の森本浩通社長（62）が三月三十一日付で退任すると発表した。事実上の引責辞任とみられる。後任には、四月一日付で三菱重工の防衛・宇宙事業のトップを務める水谷久和常務執行役員（65）が就き、開発の加速に向けて組織体制を刷新する】

四月三日

【MRJ三号機米到着　既に三機が現地に渡っており、米国で飛行試験を予定していた全機がそろった】

六月十九日

【MRJ内部初公開　世界最大級の航空見本市「パリ国際航空ショー」がフランス・パリ郊外のル・ブルジェ空港で開幕した。MRJの実機を見本市で初めて展示。MRJは米国で四機による試験を実施しているが、設計変更を反映させた一、二機を今後、追加投入するという。国の安全承認の取得に計二五〇〇時間必

要とされる飛行試験について、設計変更などに伴い計三〇〇〇時間かかる見込み】

二〇一八年一月二十六日

【MRJ初のキャンセル　米航空会社、事業撤退で40機】　三菱航空機は二十六日、米イースタン航空から受注していた40機の契約キャンセルが確定したと明らかにした。MRJのキャンセルは初めて。イースタン航空が経営不振に陥り、他社に事業を譲渡したため。三菱航空機は「キャンセルは顧客の事業の在り方によるもので、MRJ開発の遅れが原因ではない。他の契約には影響しない」と説明している。ただMRJは開発費用が膨らんでおり、事業の採算に打撃となりそうだ。今回の契約解消で**受注は計407機となった。**イースタン航空とは二〇一四年九月に受注契約を締結。二〇一九年に納入を始める予定だったが、開発が遅れて間に合わなくなっていた】

五月十二日

【MRJ支援へ債務株式化

六月二十七日

三菱重工一千億円規模で資本増強

【小型ＭＲＪ21年後半投入】　三菱航空機は標準モデルの90席より小型モデルの70席モデルを二〇二一年後半～二二年前半に投入すると明らかにした。最大市場の北米で二二年以降、70席級の買い替え需要が急速に伸びているとみている。

六月二十八日

【ＭＲＪ「予定通り完成」米試験拠点、操縦士が手応え】　三菱航空機のチーフテストパイロット安村佳之氏が「これから国土交通省の飛行試験などヤマ場を迎えるが、予定通り機体を完成させることができると思う。非常に操縦性が良く静かだ。パイロットたちはとても良いチームワークで活動できている」と話した

七月五日

【エンブラエル商用機部門　ボーイング傘下に】
航空機世界最大の米ボーイングは五日、ブラジルの航空機大手エンブラエルの商用機部門を傘下に収めることで基本合意したと発表した。小型機に強いエンブラ

エルを取り込むことで、品ぞろえを大きく広げるねらい。統合が実現すればMRJにも大きな影響を与えそうだ。ボーイングのライバルである欧州エアバスは、カナダの航空機大手ボンバルディアの小型旅客機事業を一日に買収したばかり。150席以下の小型機は、エンブラエルとボンバルディアが計八割の世界シェアを握る。100席以下のMRJもその市場に参入する。三菱重工はボーイングの旅客機の主翼製造などを請け負っており、難しい立場に置かれる可能性がある】

七月十六日

【MRJ初のデモ飛行　英航空ショー出場

英国の世界的な航空機見本市「ファンボロー国際航空ショー」でデモ飛行を行った。今回は一号機を納入予定のANAの塗装を施した機体で、実際に飛行した。二〇二〇年半ばの納入を目指している】

九月十四日

【MRJ開発　二千億円追加　三菱重工納入に向け方針　開発費は当初想定の約四倍となる六千億円規模に

拡大しており、八千億円規模に達する可能性もある。二千億円のうち、一八年度に約一二〇〇億円を投じる見通しだ。三菱重工は「開発という面では出口が見えつつある」と現状を説明している。

二〇一九年三月四日

【国の認証取得へ、MRJ最終試験飛行実験開始　MRJの納期は五度延期となり、当初計画から七年遅れとなっている】　三菱航空機は四日、国土交通省のパイロットが操縦して安全性を審査する飛行が米国で始まったと明らかにした。運航に必要な国の認証取得への最終段階に当たり一年程度かかる見込み。二〇二〇年半ばを目指す初号機納入へヤマ場を迎えた。「型式証明」と呼ばれる認証取得に全力を挙げる

五月二十九日

【MRJ改め「スペースジェット」に　開発遅れでイメージ刷新】　三菱航空機が開発中の国産初のジェット機MRJの名称を「スペースジェット」に変更する方針を固めたことが二十九日、分かった。名称から「三

菱」を外してイメージを刷新。他の競合メーカーも新型機を開発し、注目度が低下する現状を打破する狙いがある】

六月十七日

【「スペースジェット」お披露目　改称後初、パリ航空ショー　十七日。フランスのパリ近郊で始まった航空見本市「パリ国際航空ショー」で、開発中の「スペースジェット」の実機を展示した。展示しているのは90席級の「M90」で、米国で飛行試験中の四機の一つ】

六月十九日

【三菱航空機「小型機シェア50％目指す」　同社が参入する小型旅客機の需要が今後二十年間で約五千機あるとの見通しを示した上で「40〜50％のシェアを目指す」と強調した。70席級の新機種「M100」について、北米の顧客に向けた協議を開始すると発表。正式に契約すれば二〇二四年から15機を納入する予定だ】

六月二十五日

【三菱重工ボンバル事業買収　小型国産ジェットてこ

九月六日

入れ　三菱重工は二十五日、カナダ航空機大手ボンバルディアの小型機の事業を買収する契約を結んだと発表した。ボンバルディアが持つ顧客基盤を生かし、顧客対応や保守といったサービスを拡充することで、子会社の三菱航空機が担い開発が遅れているスペースジェットの事業をてこ入れすることを狙う。ボンバルディアに現金五億五千万ドル（約五九〇億円）を支払うほか、約二億ドルの債務を引き受ける。ただ、事業の譲り受けに伴い、ボンバルディアが事業運営上、保有している約一億八千万ドルの受益権を継承するという】

【三菱航空機　100機受注へ　新機種、米社と協議

三菱航空機は六日、70席級の新機種「M100」について、米航空会社メサ航空から100機を受注する方向で協議を始めたと発表した。受注すれば約三年ぶり。売上総額は四千億円規模になる見通しで、受注低迷からの反転攻勢を狙う。一方、**先行して開発する90席級の「M90」は最新試験機体の完成が遅れ、六度目の納期延期の可能性も浮上する。**メサ航空への納入開始は二〇二四年を予定】

十月三十一日

【三菱航空機　米で100機キャンセルへ

受注を解消したのは「トランス・ステーツ・ホールディングス」。受注解消は二〇一八年の米イースタン航空に次ぎ二度目。全体の受注の約四分の一に当たる大規模キャンセルで、経営への悪影響は避けられない。トランス社との契約解消で受注は307機に減少する】

二〇二〇年二月六日

【スペースジェット納入六度目の延期、二一年以降に

三菱重工の泉沢清次社長は六日、東京都内で開いた決算会見で、スペースジェットに関し、今年半ばを目指していた初号機の納期が二〇二一年度以降になると発表した。延期は六度目。泉沢氏は「心配を掛け、申し

二月二十七日

訳ない」と陳謝した。三菱航空機は同日、水谷久和社長（68）が会長に退き、後任に三菱重工常務執行役員で、米国三菱重工業社長を務める丹羽高興氏（62）を充てる四月一日付の人事を発表した。開発加速へ体制を強化すると説明した。運航に必要な「型式証明」と呼ばれる国土交通省の審査は最難関の飛行試験に入っている。しかし、認証取得の鍵を握る最新試験機はテロ対策などの強化から約三万本に上る配線の見直しに迫られ、九〇〇件以上の設計変更を余儀なくされた。部品の不具合などで完成は当初予定した昨年六月から年明け一月初めにずれ込み、納入延期が決定的になった】

【スペースジェット　国産エンジン初飛行

三菱航空機は二十七日、スペースジェットの試験機に、国内で初めて製造した民間航空機用ジェットエンジンを搭載し、飛行に成功したと発表した。従来は米航空機エンジン大手プラット・アンド・ホイットニーが開発し、北米で組み立てたエンジンを使っていた。今回は、三菱重工航空エンジン（愛知県小牧市）がプラット社から生産委託を受けて、二〇一七年から製造を始めていた。飛行は今月十四日、米国の試験拠点で行った。日本でエンジン組み立てを手掛けることで、長年旅客機の開発が滞っていた国内航空機産業の技術水準を高める狙いがある。今後、国土交通省の安全認証を得るための飛行試験にも投入する

三月二十二日

【スペースジェットの最新試験機初飛行】

三菱航空機のスペースジェットの最新試験機がこのほど、愛知県営名古屋空港で初飛行した。今後、認証取得に向け、米国での飛行試験へ早期投入し、終盤を迎えた開発を加速させる。最新の試験機は、安全性向上のため、従来の試験機から配線などを設計変更した。操縦した同社の高瀬浩義さんは「機体の完成度は高く、

スムーズかつ安全なフライトになった」とコメントを出した】

四月十日

【三菱航空機が米で試験中断　コロナで拠点一時閉鎖】

米国ワシントン州の拠点でスペースジェットの飛行試験を中断していることが十日、分かった。新型コロナウイルス感染拡大を受けて、州の指示で拠点を一時閉鎖しているため。試験拠点は三月下旬から閉めている。五月上旬の再開を目指しているが、州の判断によっては延期される恐れがある】

四月二十七日

【航空機安全審査　日EU簡素化へ　早期輸出に弾み】

政府と欧州連合（EU）は、新開発した航空機の安全性を自国の航空当局が確認した「型式証明」があれば、輸出相手国の審査を簡素化できる航空安全協定に署名する方針を決めた。日本政府関係者が二十七日、明らかにした。長い期間が必要な審査の短縮が見込まれ、政府は、三菱航空機が開発中のスペースジェットの早期輸出に弾みをつけたい考えだ。政府は、ＥＵ加盟各国の公用語に訳した協定文を精査中。当初は、早期に署名し今国会への承認案提出を目指したが、新型コロナウイルスの感染拡大で、署名時期は見通せないという。**同様の協定は、米国やカナダ、ブラジルと締結している】**

五月十一日

【三菱重工、二十年ぶり事業赤字　二〇年三月期事業損益▲二九五億円、航空機開発で損失】

三菱重工が十一日発表した二〇二〇年三月期連結決算は、開発中の「スペースジェット」の損失計上が響き、本業のもうけを示す事業損益が二九五億円の赤字だった。本業のもうけが赤字になるのは〇〇年三月期以来二十年ぶり。新型コロナウイルスの影響を色濃く受ける二一年三月期は事業損益、純利益ともにゼロの見通し】

【スペースジェット、納期見直し

三菱重工業の泉沢清次社長は十一日、子会社が開発を手掛ける国産初のジェット旅客機スペースジェットについて、新型コロナウイルスの影響を踏まえ「スケジュール全体を見直す必要がある」との考えを示した。新型コロナにより飛行試験が計画通りに進まず、航空機需要も落ち込んでいるため。これまで六度の納入延期を表明した国産ジェットだが、さらなる開発遅れにつながりそうだ。三菱重工は、二〇二〇年度の開発費を前年度の約半分の六〇〇億円程度に減額する方針を明らかにした。投資回収の見通しが立てづらいことが背景にある。十一日の会見では、初号機の納入時期は二一年度以降のまま変えなかったが不透明さを増している。新型コロナによる航空需要の落ち込みは当面続くとみられ、泉沢社長は70席級の新機種「M100」について「航空機業界が大きく変化しており、検討をいったん見合わせる」と、慎重姿勢を示した】

六月十五日

【国産ジェット開発縮小へ　三菱航空機、従業員を半減

三菱航空機（愛知県豊山町）は十五日、開発規模の縮小と体制の刷新を正式に発表した。開発責任者の交代に加え、国内外の約二千人の従業員を半分以下に削減。海外拠点は米ワシントン州の試験拠点を除いて全て閉鎖する方針だ。スペースジェットはこれまで六度、納期を延期している。最高責任者のアレクサンダー・ベラミー氏が六月末で退任し、米試験拠点の副センター長を務める川口泰彦氏が七月一日でチーフエンジニアに就任、開発を主導する。今後は川口氏の下で運航に必要な国の安全認証取得を優先する。

航空業界ではコロナウイルス流行による旅客減少で、タイ国際航空や中南米最大手のＬＡＴＡＭ（ラタム）航空グループが経営破綻するなど、多くの会社で経営が悪化している。米航空機大手ボーイングなども人員削減を迫られる中、三菱航空機の決断は必然と言

える】

■三菱航空機の機体開発を巡る経過

二〇〇八年　三月　ＭＪＲの事業化を正式決定
〇九年　九月　最初の納期遅れを発表
一五年　十一月　愛知県営名古屋空港から初飛行
一六年　十月　米国で飛行試験開始
一九年　三月　国土交通省の飛行試験開始
六月　機体名称をスペースジェットに変更
十月　米顧客から１００機の受注キャンセルを発表
二〇年　二月　六度目の納期遅れを発表
五月　親会社の三菱重工業が開発費半減を公表
六月　開発体制の縮小と責任者交代を発表

日本の旅客機開発は空白期間が続いた。戦中は「ゼロ戦」など軍用機を数多く製造してきたが、一九四五年の敗戦後、連合国軍司令部（ＧＨＱ）から航空機の研究・生産を全面的に禁止された。一九五二年に再開が認められてからは、官民出資で初の国産旅客機となるプロペラ機「YS11」を開発。六二年初飛行に成功したものの採算が合わず、182機で生産を終了した。その後、日本の航空機産業は米ボーイングなど海外大手航空機メーカーの部品をつくる「下請け」に甘んじてきた。そのため、国交省も国産旅客機の審査から遠ざかって久しい。

三菱航空機の受注数は300機余り。開発で既に八千億円規模を投資しているとみられ、回収には「1500機以上販売する必要がある」(三菱重工関係者)という。

初号機の納入先であるANAは納入延期に「一日も早く、安全で完成度の高い機体を」とコメントしたが、「度重なる延期にしびれを切らし、顧客の中で発注計画を見直す動きが広がる可能性もある」(航空関係者)。

六度目の納入延期の中、本体の三菱重工業が二十年ぶりに赤字になったり、新型コロナウイルスの影響で飛行試験が計画通りに進まなかったり、スペースジェットはまさに泣きっ面に蜂状態で視界不良が続く。

二〇〇八年の開発開始から今年で十二年が経過した。三菱航空機は「型式証明」を取得するのはかくも難しいものかと思い知らされたことだろう。

だが、ここで諦めるわけにはいかない。完成にあと一歩のところまで来ているのだ。

『三菱スペースジェット』が『ホンダジェット』のように世界でベストセラーになる日を国民は心待ちにしている。

頑張れ！　三菱スペースジェット。

既得権益との闘い十年

政治団体・大阪維新の会が、設立十年を迎えた。大阪都構想を旗印に、既得権益打破と「大阪の利益」を掲げ着実に支持を拡大。一方で、創設者橋下徹氏の過激な言動や所属メンバーの不祥事はたびたび批判を招いてきた。

過去の大阪ダブル選と府市議会議席数

	知事	市長	府議会	市議会
			（大阪維新の会の議席数）	
二〇〇八年　一月	橋下徹	平松邦夫 （無所属・大阪都構想に反対）	0	0
二〇一〇年　四月	（大阪維新の会設立。橋下氏が代表、		24	1

（松井一郎氏が幹事長に就任）

二〇一一年　四月（統一地方選）　57（過半数）　33（最大会派）

　　　　　十一月　松井一郎　橋下徹（ダブル選）

二〇一五年　四月（統一地方選）　42（最大会派）　36（最大会派）

　　　五月【都構想住民投票　否決】

　　　　　十一月　松井一郎　吉村洋文（ダブル選）

二〇一九年　四月　吉村洋文　松井一郎　51（過半数）　40（最大会派）

（ダブル選　統一地方選）

設立十年の節目を迎え、創設者の橋下氏に聞く

（二〇二〇年四月二十七日付『神戸新聞』より）

――維新設立の狙いは。

「知事に就任して徹底的に行財政改革に取り組み、既得権益を得ている業界や特定の人に税金が渡る仕組みを変えた時に、すさまじい抵抗、猛反発があり、民意とのギャップを感じた。一般の府民や市民、特に現役世代に広く税金が使われるべきだと

いう自分の政治理念を実現するには、さらに改革を進めなければいけないと考えた。大阪府と大阪市をまとめる大阪都構想を実現しないと大阪の発展はないという思いもあり、既存の政党とは異なる政治勢力を一から作る必要があった」

——選挙で勝利が続く。

「都市部の多くは特定の団体等に属さない府民、市民。補助金で強固につながっている票ではない。大阪全体の利益を追求し、それを実際に体感してもらっているところが勝利の根源ではないか。大阪市の塾代助成のように、ボリュームゾーンである中間所得者層もしっかりサポートする政策をやり続けてきた。僕が引退した後も継承され、ずっと積み上げてきているところを有権者は感じてくれていると思う」

——敵対勢力批判で支持を得る手法との見方も。

「どうしても話し合いで合意ができない政策を実現するには選挙で同志を議会に送り込むしかない。それが民主主義だと思い、全精力を注ぎ込んできた。単純なパフォーマンスの選挙では絶対に票は得られない」

——他の地方に「維新モデル」は波及するか。

「維新は、現在、国政野党が太刀打ちできない安倍自民党に対して大阪ではいつも圧勝する。都市部で同様の政党、グループがいくつもできれば自民党と互角に勝負できる。全国でどんどん誕生してほしい。それらが連合形態になるのが二大政党制への道筋だと思う」

「もう一つのポイントは組織目標の明確化だ。都構想は廃藩置県から連綿と続く国の形を変える話でメンバーが熱くなる原動力を埋め込めば組織は動き続ける。河村たかし名古屋市長の『減税日本』の『減税』という目標はメンバーのモチベーションを維持するには弱かったと思う」

――秋にも二回目の都構想の住民投票。結果は。

「分からない。ただ僕の時よりはるかに市民の理解が進んでいる。新型コロナウイルス問題を見ても府と市で力を合わせた対応は全国で抜きんでている。これは住民投票に向けて、市民への説明の柱となる」

――再び政治家には。

「もうない。八年間で公の活動は一応終了だ」

設立当初から「大阪維新の会」を応援してきた。彼等のスタンスには益々共感を覚える。

リトル・リチャード

ロックンロールの草分け的存在の一人で、ビートルズやジェームス・ブラウンさんら多くのミュージシャンに影響を与えた米国のリトル・リチャード（本名リチャード・ウェイン・ペニマン）さんが二〇二〇年五月九日、癌のため死去した。87歳だった。親族が公表した。亡くなった場所は明らかにされていない。米メディアが伝えた。

一九三二年、米南部ジョージア州メイコン生まれ。50年代にデビューし『トゥッティ・フルッティ』などがヒット。熱狂的な歌唱スタイルやパフォーマンスで知られ、代表曲の一つ『のっぽのサリー』はビートルズがカバーしていて、ポールのボーカルは何度聞いても痺れる。リトル・リチャードさんは86年に「ロックの殿堂」入りを果たした。

私が好きなバンドのキャロルは『トゥッティ・フルッティ』をカバーしていて、ジョニーのボーカルとエーちゃんのベースが冴えわたり、自然に体が動く。キャロルは『ジョニー・B・グッド』（詞・曲チャック・ベリー）などもカバーしていた。私は50年代のロックンロールをキャロルで知り、それ以来虜になってしまった。

リチャードさん、ロックンロールをありがとう。

上を目指す責任がある

ロックバンドKISSは、世界売り上げ一億枚以上、ゴールドディスク二十六枚はアメリカのロックバンド歴代一位で、二〇一四年に「ロックの殿堂」入りを果たしている。

「ロックの殿堂」はオハイオ州クリーブランド市にある博物館で、そこには殿堂入りをしたチャック・ベリー、レイ・チャールズ、リトル・リチャード、エルヴィス・プレスリー、B・B・キング、ビートルズ、ボブ・ディラン、ローリング・ストーンズなど錚々たるミュージシャンの写真や遺品が展示されている。

KISSを四十六年間率いてきたジーン・シモンズは、一九四九年八月二十五日生まれで、今年七十一歳になるイスラエル生まれのアメリカ人ミュージシャンである。ベースとボーカルを担当し、楽曲の作詞作曲も担当している。

ジーンはKISSのことをこう言った。

「もう四十六年もこんなことをやっている。長く続いたことに驚いている。一九七三年に始まった頃、私が唯一求めていたのは、自分のバンドのレコードが一枚だけ店頭に並び、そのレコードを買うことだった、その行為に魔法を感じていた。こんなに続くなんて夢にも思っていなかった。ビートルズほどにはなれなかったが悪くない」

「ＫＩＳＳ・エンド・オブ・ザ・ロード」というワールドツアーが二〇一九年〜二〇二一年の予定で行われている。この公演を最後にＫＩＳＳは活動を休止する。

二〇一九年十二月、ＫＩＳＳは日本の五カ所で最後の公演をした。その後、新型コロナウイルスの影響により一旦中止となり、再開予定は二〇二〇年十一月からで中南米、アフリカ、ヨーロッパを回る。最後の舞台はニューヨーク。そこはジーンがロックンロールと出会った街、そしてジーンの母フローラが眠る土地。

二〇二〇年五月五日㈫、ＮＨＫ『ザ・ヒューマン　スペシャル』「誇り高き悪魔ＫＩＳＳジーン・シモンズ」が放送された。この番組の中でジーンは自らの生き様を語った。

ジーンの母フローラ・クレイン（一九二六〜二〇一八）は、ホロコースト生存者だった。母は第二次世界大戦中、十四歳で家族と共にナチスに捕らえられた。母は想像し得る一番残酷な方法で両親と兄が目の前で殺されるのを見た。母は収容所長夫人の美容師だったため虐殺を免れた。

「母はいつも言っていた。

命があるだけで良い日なんだと、生きていて健康ならばそれだけで勝者なんだ。

生かされている限りは〝**上を目指す責任がある**〟」

その母の教えがジーンの原動力となっている。

一九五七年、ジーン（八歳）とフローラは親類を頼ってニューヨークへ。地下室を間借りする貧しい暮らしが始まった。

「人々の生活が豊か過ぎて信じられなかった。車を所有していて、見たこともなかったテレビは箱の中に人がいるのかと思ったよ。叔母の家に行った時には冷蔵庫があった。ソーダを初めて見てすぐに全部飲み干した。アメリカ人はみんな金持ちなんだと思ったよ」

六歳の時、父は母を捨て消えた。母が週六日、一日十二時間工場で働く姿を見ていた。私も七歳から働き始めた。小学校の時は新聞配達を掛け持ちした。

母の観点では、私が不平を言うのは恥ずかしいことだった。朝起きたくないだの、働きたくないだの、言い訳し被害者ぶる全て。どんなことにも、文句を言う権利はないと思っていた。

自立を目指し独学で英語を学び教師の資格も取得した。

「私の土台は頑丈だ、何もないところから築き上げた。十四歳で最も過酷な体験をした母から学んだことは、授かった命を無駄にしないこと」

「私がアメリカに来た頃、まだビートルズはいなかった。その頃いろんなジャンルの音楽を聴いた。ラーラララー　ラララー　こんな感じの音楽をね。

しかし、チャック・ベリーを聴いたとき、何かも分からず体が自然に踊り始めた。歌詞の意味が分からないのに体が勝手に動くようなボディーミュージック、これがロックンロールの魔法だ。自由でいいんだ」

二十二歳の時、同じユダヤ系のポール・スタンレー（現ＫＩＳＳのＧ／Ｖｏ）とバンドを結成。

「曲が作れる奴がいるとポールを紹介された。私は独学で楽器の演奏技術を身につけた。愚かなことに曲が作れるのは自分だけだと思い込んでいた、だからポールと出会った時どうせ人真似だろうと思っていた。

私はこう言った。どんなものか見せてみろ、彼は私をクソ野郎と思ったに違いない、初対面で指図したから。悪気はなかったが、完全に嫌われていた。ポールが聞かせたのは『サンデー・ドライバー』という曲だった」

――ジーンが『サンデー・ドライバー』を歌ってみせる――(軽快なロックンロール)

「これが『サンデー・ドライバー』だ。すげえ！　イカした曲だ。本当にポールの自作だったんだ。後に『Let Me know』のタイトルで録音した。

私も負けじと曲を披露したが、ポールには駄作だと言われた。とにかく初めは全くソリが合わなかった。

しかし、ウマが合うようになると気づいた。俺たちはコインの裏表のように全く違う特徴を持ちながら一つの共同体なんだってね。ポールに無いものを私は持ち、ポールは私にないものを持っている。一緒なら1＋1が3になる。これは珍しいことじゃない。例えばビートルズ。ジョンとポールが組んだら無敵だろ。

一九七一年二人はアルバムを制作、しかし全く注目されなかった。当時のロック界ではユダヤ系であることがハンデと感じた。そこで、私の本名はハイム・ヴィッツだった。だから改名することにした。選んだのがジーン・シモンズという名前だ」

撮影スタッフからの質問

――ある日ジーン・シモンズになったんですね？――

「そうさ、毛虫が蝶になるようにね。一瞬だ」

さらに、大胆なメイクをして演奏。

「我々は耳でも目でも楽しめるバンドを作ることにした。他のバンドがやらないことをあえて行った。バカげているけど、ゴジラをまねて火を噴き始めたんだ。花火の演出も消防局の許可が必要ない時代だった。

KISSはユニークだ。誰にでも好かれるバンドじゃないかもしれないが、我々のようなバンドは他にない」

戦略が当たり七〇年代後半、世界的なブームを巻き起こす。

「もし同じことを一九五〇年代にやっていても流行らなかっただろう。今のような派手な衣装で壮大な演出をしたところで人々は理解しなかっただろう」

ジーンがおどけて、エルヴィス・プレスリーのまねをする。

「エルヴィスや短髪が主流だったからね。

正しいことを　正しい場所で　正しい時代にやる　とても大事だ。

最初のヒットを飛ばした頃、母にかけられた忘れられない言葉がある。母に大金の小切手を見せたら、それを脇に置いて、

すばらしい！　すばらしい！

と言った後、
さあ、次はどうするの？

と私に聞いた。

息子よ、これからも毎朝起きて努力を続けるのか、それとも調子に乗ってふんぞり返るのかって」

最愛の母フローラは二〇一八年九十二歳で亡くなった。


ジーンにはもう一つの顔がある。

〝ロック界最強のビジネスマン〟

「バンド名、ロゴ、メイクデザインまで商標登録。もよおせばＫＩＳＳトイレットペーパー、もし死ねばＫＩＳＳ棺おけがある。遠出したければＫＩＳＳ自転車かＫＩＳＳスクーターだ」

グッズ三〇〇〇点以上、総売り上げ一〇〇〇億円以上。独自のビジネスも手がけるジーンは、全米に展開するレストランチェーンのオーナーを務める。

飲料業界やヘルスケアにも進出、純資産は三七〇億円以上。

「お金は良いものだ。唯一助けになるものだ。お金がなきゃ何もできない、家族も養えない。

飢えている人に優しい言葉をかけるだけでは死ぬ。俺がクソ野郎で、消えろと罵声を浴びせても、金さえ渡せばそいつは生き残れる。

生きる糧は金さ、いつでも金がもっと欲しい、俺は正直だ」

ギターのトミー・セイヤーは言う。

「ジーンは全く他人と違う。最も野心に溢れていて、誰よりも働き者だ。ワーカホリックで働く以外に何をして良いか分からないみたいだ。いつも何かプロジェクトを進めていいて休むことを嫌う」

ジーンは言う。

「私は毎日働きたい、何かしていたい。人類が誕生して以来夜は休息すると決まっている、人生の三分の一は熟睡している。休みはそれで十分だろ?」

今、最も力を入れているのが、オリジナルブランドのソーダ。全米一七〇店舗の大手スーパーマーケットチェーンで販売。全店長が集まる会議で訓示。

「ごきげんよう、お偉方のみなさん。

私に会えて嬉しいか? 私が知る限り、これが最高のソーダだ。着色料、保存料なし、本物のジンジャーエールだ。匂いを嗅ぐか？　おっとパワハラじゃないぜ。変な後味もない。

店に来る客をちゃんともてなすんだ。客全員がボスと思うんだ。彼らは君たちの店で物を買う。しかるべき対応を求めている。

私も店に行き力を貸そう。君たちがソーダを大量に売ってくれたらな」

撮影スタッフからの質問
――一生懸命働いてお金を稼ぐことの重要さを知ったのはいつから？――

「私がまだイスラエルにいた頃、友人と二人で山に行ってサボテンの実を摘み取った。手が傷だらけになったけど、トゲをすべて取り除いた。仕事から帰ってくる人を狙ってバス停で待ち、サボテンの実を一つ0・5ペニーで売った。

一日の終わりにはそれなりの金を稼ぐことができた。その金で買ったのは人生初のアイスクリームのコーン。その味を今でも覚えているよ、自分の金で買ったんだ。

家に帰りポケットに残った金をテーブルの上に置いたら、母親が私を抱きしめてこう言った。

〝小さくても立派な男ね〟

って。そこで私は学んだ。一生懸命働いて稼いだ金、汗水垂らして稼いだ金で買ったものは、何でも味わいが全く違うということ、その感覚はずっと変わらない」

ジーンが、唯一頭が上がらないのが妻シャノン。

（シャノンが来ると、ジーンが言った）

「ボスが来たぞ」

ジーンが三十四歳の時に出会い、未婚の夫婦として二人の子供を育ててきた。

シャノンが言う。

「子供が成人するまで結婚しなかったのよ。変な人なの、プロポーズされるまで二十八年かかった」

ジーンが言う。

「私が六十二歳の時だ」

するとシャノンが、

「私が離れようとしたのがきっかけ。子供も大学生になったし、これ以上一緒にいる必要がないと思った。誠実になってくれない限りはね」

奔放な女性関係で、家庭に収まろうとしなかったジーン。

「私は人生ずっとクソ野郎だった」

「史上最低の彼氏ね」

「その通りだ」

「最低」

「私は一人っ子だったから」

「全く関係ないわね。ただのクソ野郎よ」

「その通りだ」

「ずっと女性に心を開けなかった。私の心なんか誰も知りたくないだろうと」

「私は知りたいわ」

「分かっているさ。

私は分かっていなかった、本当に強い男は虚勢をはったりしない。未熟だった」

「ただの臆病者、怯えて逃げ回ってるような。最後は私に捕まるくせに」

「疑う余地がないのは、彼女無しでは私は生きられないということ。彼女は私より
よっぽど賢い」

「間違いないわ」

今、ジーンにとってシャノンと二人の子供が何よりも大事。

日本ツアーの移動中、自撮りを始めた。

「君に伝えたいことがある。君は立派だ。みんなに愛されていることを忘れないで、早く良くなって会おう。神のご加護を」

闘病中のファンに向けたメッセージ。

「末期がん患者だと聞いている。私なんかの言葉でも一日を乗り切る助けになれば。自信はないけど力足らずでもやるしかないんだ。求められれば病院を訪ねることもある」

「他に何ができる？」

撮影スタッフからの質問
――みんな力をもらっているのでは？――

「時には笑顔が、一日を乗り切る薬になればいいと思う」

マネージャーのドク・マギーは言う。

「ジーンは自分ではタフだと思っているが、実際は繊細で優しい奴なんだ。嘘のない男だ。人々を気遣い、自分への見返りと関係なく匿名で募金や支援を行っている、陰でこっそりとね。

昔、彼の下で働いていたスタッフも金銭的に助けているんだ、病気になってしまった人とかをね。

子供たちへの慈善活動は特に力を入れている。とにかく優しい。俺がこんなこと言ったと知れば嫌がるだろう。でもそれが真実だよ」

ジーン・シモンズは〝上等な漢〟である。

狼魚の孤独

尊敬する日本画家の堀文子さんが、二〇一九（平成三十一）年二月五日に一〇〇歳で亡くなった。

私の好きな絵は「狼魚の孤独」（二〇一〇年）である。堀さんがこの絵について語っている（二〇一一年九月十九日　NHK番組『画家・堀文子　93歳の決意』）。

「自画像だと思っています。美しくないあんな魚がじっと海底に潜んでいる。その根性がいいじゃないですか」

ただ一度の一生を
美にひれ伏す
何者でもない者として
送ることを志してきた

「画壇ではなく普通の方々に評価されて嬉しい。権力に評価されようと思っていない悪女かもしれない」

美というものは
役に立たないように見えるが
それでいいのだと思う
役に立ったら欲と結びついて美は消えてしまうだろう
美はかたちのないもので
柔らかく
仰々しい姿を見せない
ではいったい何だろうと考えてみれば
永遠に輪廻する命ということになるだろう

「ぺんぺん草でいいから、本当のぺんぺん草になりたい」

嗚呼、惚れ惚れする。

漢《おとこ》の品格

漢というものはね

どうしようもないと言ってはいけない
信じる道を歩まなければいけない
愛されるより愛さないといけない
弱いものいじめをしてはいけない
長いものに巻かれてはいけない
卑怯な真似をしてはいけない
お節介を焼かないといけない
脛に傷ぐらいないといけない
肩書をかざしてはいけない
約束を守らないといけない

借りは返さないといけない
上下《かみしも》をちがえてはいけない
理不尽を許してはいけない
損得で動いてはいけない
言い訳をしてはいけない
優しくないといけない
自由でないといけない
許さないといけない
ぶれてはいけない
群れてはいけない
羨んではいけない
媚びてはいけない
頼ってはいけない

あなた、漢の、どのあたり？

参考文献

『朝日新聞』
『神戸新聞』
『毎日新聞』
『讀賣新聞』
『丹波新聞』
『昭和日本史1―9』暁教育図書株式会社
浅田次郎『天子蒙塵』講談社
曽野綾子『中年以後』光文社

西安　勇夫（にしやす　いさお）

1953年　兵庫県丹波市生まれ。作家
2005年　デビュー小説『ミシガン無宿 ── アメリカ巨大企業と渡り合った男』発表
2006年　小説『青く輝いた時代《とき》』発表
2007年　小説『山桜花』発表
2008年　コラム『ニッポンは何処へ行くのでしょうねー』発表
2010年　小説『自動車革命 ── 貴婦人のひとりごと』発表
2012年　小説『ダイヤモンド・シーガル ── 脳卒中闘病記』発表
2014年　小説『本卦還り』発表
2016年　小説『自動車革命 ── 貴婦人のひとりごと　2』発表
2018年　小説『丹波田園物語』発表
2020年　コラム『漢の品格』発表

漢の品格

2020年10月25日　初版第1刷発行

著　　者　西安勇夫
発 行 者　中田典昭
発 行 所　東京図書出版
発行発売　株式会社 リフレ出版
〒113-0021　東京都文京区本駒込 3-10-4
電話 (03)3823-9171　FAX 0120-41-8080
印　　刷　株式会社 ブレイン

ISBN978-4-86641-360-0 C0095
Printed in Japan 2020